Eiko Weigand

Katzen sind großartig...

Katzengeschichten

1. Auflage 2018
Verlag Weigand-Bücher
Text und Illustrationen
© Eiko Weigand
www.weigand-buecher.de
Alle Rechte vorbehalten
ISBN 978-3-945258-08-8

WB

INHALT

Vorwort

Im Laufe der Zeit begegnen einem viele Geschichten. Sie sammeln sich zunächst im Gedächtnis – zumindest solange dieses noch gut funktioniert. Dort werden sie nach Inhalt sortiert von spannend bis langweilig, von lustig bis deprimierend, nach Qualität von hervorragend bis „Vergiss es", was man dann auch tut (Klappt leider nicht immer, schlechte Geschichten sind manchmal unvergesslich schlecht).

Was das Behalten lohnt – ab ins Langzeitgedächtnis – vielleicht hat man ja mal eine gute Gelegenheit, sie in geselliger Runde zum Besten zu geben. Der Ritterschlag für eine Geschichte ist das Aufschreiben. Nicht nur „Wer schreibt, der bleibt", sondern auch „Was geschrieben steht, das bleibt" – die Geschichte hat damit die erste Hürde geschafft, sie könnte Karriere machen und eventuell sogar Literatur werden (Das ist das heimliche Ziel aller Geschichten).

Wenn man sich, wie ich, mit den Geheimnissen der Katzenerziehung beschäftigt, entwickelt sich naheliegenderweise eine besondere Affinität zu Geschichten über oder mit Katzen – sogenannten Katzengeschichten. Man schnappt hier und da etwas auf, es wird einem etwas erzählt oder auch zugeschickt, man hat das ein oder andere selbst erlebt, es läuft einem Interessantes über den Weg, Anrührendes oder Erstaunliches, witzige Details, Fragmente, von denen man sich denkt, damit könnte man doch etwas anfangen … und so entstand die Idee, ein Buch aus all dem zu machen.

Dass ich alle Geschichten dieses Buches in der Ich-Form geschrieben habe, heißt nicht zwingend, dass ich sie selbst genau so erlebt hätte – oder andere. Das legt schon der Umstand nahe, dass ich viermal als Mann und viermal als Frau geschrieben habe.

Beim Schreiben wird immer hier und da ein wenig pointiert, hinzugefügt und ausgelassen oder auch neu erfunden – das ist man einfach dem Spannungsbogen schuldig.

Die Ich-Form habe ich gewählt, weil ich eine besondere Vorliebe für sie habe, beim Schreiben ist der große Reiz, unmittelbar in eine andere Person hineinzuschlüpfen, beim Lesen, das Gefühl, der Erzähler säße mir direkt gegenüber und würde mir ganz persönlich seine Geschichte erzählen. So habe ich mich bemüht, jeden meiner Ich-Erzähler bei der Wiedergabe seines Erlebten authentisch klingen zu lassen – allerdings ohne dabei meinen eigenen Schreibstil abzulegen.

Eine wunderbare Freundschaft

Ich machte mir Sorgen. Nun gut, Matz, unsere wunderhübsche Katze, hatte ihren eigenen Kopf, das wussten wir ja. Und wann sie sich abends einfand beziehungsweise zum Fressen kam, war immer so eine Sache. Wir hatten uns daran gewöhnt. Schließlich ist das so, wenn die Katze freien Auslauf hat. Genau das hatten wir ja gewollt, als wir an den Stadtrand gezogen waren und Matz mit Sicherheit auch. Mein Mann Walter, meine Tochter Laura und ich wohnten hier schon seit einigen Jahren, in einem Stadtteil, der seinem Charakter nach eher ländlich war.

Vielleicht hat sie was Besseres vor, dachte ich bei mir. Hatte ich nicht neulich in der Nähe eines Grundstücks in der näheren Umgebung, eines mit einer wunderbaren Villa mit Türmchen und Erkern, mit großen, alten Fenstern, einer Villa, bei der man sich denkt, ein Traum darin zu wohnen ... aber die Heizkosten! Vielleicht war sie deshalb seit einiger Zeit unbewohnt. Aber ich komme vom Thema ab – gerade da hatte ich in den letzten Tagen einen ungewöhnlich attraktiven Kater gesehen – soweit man das als Mensch beurteilen kann, was Kätzinnen so attraktiv finden – groß, muskulös mit pechschwarzem, glänzendem Fell und extrem geschmeidigen Bewegungen. Das wäre schon ein guter Grund, das Fressen und die menschlichen Streicheleinheiten mal hinten anzustellen. Auf der anderen Seite war sie ja sterilisiert, und wie groß dann noch das entsprechende Interesse ist, oder ob da überhaupt noch eines vorliegt – man weiß es nicht so genau.

Matz war ein ungeheuer liebes Tier. Sie war aufgeweckt, sehr freundlich, auch Fremden gegenüber, und in keiner Weise ängstlich. Ein echter Sonnenschein, eine, bei der man sich denkt, vielleicht wäre es nett, im nächsten Leben als Katze auf die Welt zu kommen.

Sie hatte sich, dank ihres liebenswürdigen Charakters, wunderbar in unserer Umgebung eingelebt. Alle umliegenden Nachbarn erzählten begeistert, wie freundlich und zutraulich sie doch sei. Ein Wunder übrigens, dass sie nicht auseinanderging wie ein Hefekloß, denn sie bekam bei fast allen etwas Leckeres zugesteckt und nahm es gerne an. Auch mit den Katzen der Gegend schien sie sich gut zu verstehen. Natürlich nur, soweit ich das beurteilen kann, man bekommt ja nicht alles zu sehen. Aber zumindest kam sie immer unverletzt und wohlbehalten wieder nach Hause – also keine Kämpfe oder sonstigen Auseinandersetzungen mit anderen Haustieren.

Der Einzige, mit dem sie echte Probleme hatte, war Max, der Beagle unseres direkten Nachbarn. Nicht dass Max ein aggressiver Hund gewesen wäre, im Gegenteil, er war ein reizender Kerl in seiner überbordenden Liebenswürdigkeit.

Das ist allerdings etwas, was Katzen so gar nicht mögen. Katzen lieben ja eher das Feine, Verspielte und Unaufdringliche. Die Annäherungsversuche von Max waren dagegen von einer plumpen Direktheit und schon erstaunlichen Distanzlosigkeit. Da wurde gnadenlos drauflos geknuddelt und geschlabbert. Das war wohl lieb gemeint, aber seine Zärtlichkeitsattacken waren ohne die geringste Einfühlung und völlig unabhängig davon, wie

sehr er dem jeweiligen Zuneigungsopfer damit auf die Nerven ging.

Was die Sache noch verschlimmerte, war der Umstand, dass die Namen Matz und Max so ähnlich klingen. Jedes Mal, wenn wir im Garten standen und nach Matz riefen, fühlte sich Max, falls er gerade im Nachbargarten war, auch angesprochen – und er war tagsüber meist im Garten.

Da der Zaun zu unserem Nachbarn aber hauptsächlich aus Löchern bestand und insofern eher symbolischer Natur war, hatten wir dann immer freudigen Besuch, der es sich nicht nehmen ließ, vor allen seine liebste Freundin Matz auf das Innigste zu begrüßen. Sobald Max auftauchte, standen ihr die Haare zu Berge und sie fauchte, so furchteinflößend, wie sie nur konnte. Es nützte leider nichts. Selbst wenn Matz mit den Krallen austeilte, schien Max das eher als Aufforderung zum Spiel zu verstehen.

Das Ende vom Lied war dann stets, dass wir sie vor ihrem aufdringlichen Verehrer beschützten mussten oder sie sich auf einen der Gartenbäume in Sicherheit brachte. Freunde, so viel schien klar, würden die beiden nie werden.

Der Gedanke, dass ausgerechnet Max uns bei der Suche nach unserer Katze helfen könnte, kam uns deshalb auch ziemlich abwegig vor. Dieser Hund hatte zudem nie den Eindruck gemacht, zu den hellsten Vertretern seiner Gattung zu gehören.

Nachdem Matz allerdings auch am dritten Tag noch nicht wieder aufgetaucht war und wir schon alles Mögliche und Unmögliche versucht hatten, sie zu finden, erschien uns der Hinweis unseres Nachbarn, Max sei ein ganz ordentlicher Fährtenleser, wie die allerletzte Chance.

So kam besagter Nachbar Heinz mit seinem Hund in unseren Garten, damit Max die Fährte aufnehmen konnte. Ich war mir nicht sicher, ob Max verstand, was man von ihm wollte. Zumindest freute er sich sehr, uns zu sehen. Als wir ihm dann die Decke aus Matzens Korb unter die Nase hielten und ihn mit „Such, such!" anfeuerten, fand er auch das astrein. Er schien sich allerdings zu wundern, dass wir die Decke nicht warfen, damit er sie apportieren könnte.

Es dauerte eine Weile, bis Max verstand, worum es ging. „Such, such!" schien doch etwas in ihm auszulösen, irgendeine lang verschüttete Erinnerung brach sich Bahn und er nahm tatsächlich eine Spur auf. Optimismus machte sich breit. Er schnupperte an der Katzendecke, hob dann seine Nase und fing an zu schnüffeln, trabte los und führte uns … direkt zum Katzenklo.

Immerhin ein Anfang, meinte unser Nachbar. Wir fanden das nicht so überzeugend.

„Hier ist es aber auch ganz schlecht", erklärte Heinz: „Hier sind ja viel zu viele Spuren, wie soll Max sich da denn noch auskennen. Wir müssen ihn in der Umgebung suchen lassen." Das war eine gute Idee – oder doch zumindest eine Idee. Wir gingen also drei Straßen weiter: „Such, such Matz!" Max lief los und führte uns – nach Hause. Mein Mann und ich waren ziemlich entmutigt. Unser Nachbar nicht: „Das sind bloß Anfangsschwierigkeiten."

Wir versuchten es also noch von anderen Startpunkten aus: „Such, such!" Max zeigte uns noch zwei Mal, auf teilweise sehr hoffnungserweckenden Umwegen, wie man zu uns nach Hause kommt, einmal auch zu seinem Zuhause. Ich glaube, er hatte Durst oder keine Lust mehr.

Doch dann wurde es besser. Wir hatten uns jetzt einen Ausgangspunkt gewählt, der noch weiter entfernt lag. „Such, such!", und diesmal führte uns Max zu einem kleinen Stückchen Wiese neben dem Spielplatz des Viertels. Dort hatte er einen Mantelknopf gefunden. Meinen Mantelknopf, ich hatte ihn irgendwann verloren und anschließend sehr gesucht. Nun hatte ich ihn eigentlich nicht gesucht.

Ich muss sagen, mir ging das allmählich an die Nerven. Ich wollte nach Hause und selbst Heinz meinte, die Jagdthundqualitäten wären bei Max vielleicht doch nicht so ausgeprägt.

Nur Max schien noch nicht genug zu haben. Er schnüffelte wieder drauflos, und ließ sich auch nicht von Heinz zurückpfeifen. Wir zögerten einen Augenblick, sahen uns fragend an: Sollte er tatsächlich eine Spur haben? Unwahrscheinlich, aber los, nichts wie hinterher!

Diesmal war es die verlorene Brotdose unserer Tochter Laura. Laura ist etwas unordentlich. Wir fanden noch ein Wochenblatt, das wahrscheinlich mal in unserem Briefkasten gewesen war – oder auch nicht – die Trinkflasche von Laura und eine Frisbee-Scheibe, die wir nicht weiter zuordnen konnten.

Mittlerweile trotteten wir reichlich erschöpft mehr oder weniger willen- und hoffnungslos hinter Max her, dem dieses neue Spiel offensichtlich immer mehr Spaß machte.

Inzwischen waren wir in der Nähe der alten Villa gelandet, die mit dem Türmchen und den hohen Heizkosten. Max zwängte sich zwischen den Gitterstäben des gusseisernen Gartenzauns durch. Nicht auch das noch, dachten wir. Wir warteten ... Der wird schon wiederkommen ... Tat er aber nicht. Notgedrungen mussten wir jetzt also auch noch nach Max suchen. Durch die Gitterstäbe passten wir nicht – wollten wir auch nicht. Uns blieb nichts anderes übrig, als vorne am Gartentor zu klingeln – keiner da. Aber das Tor war nicht verschlossen. Vorsichtig gingen wir auf das Grundstück. Das macht man ja an sich nicht – aber es war ja ein Notfall.

Von der Rückseite der Villa hörten wir Max, wie er bellte und jaulte. Sollten wir Hoffnung haben? Wir waren heute schon zu oft enttäuscht worden, so beeilten wir uns nicht. Aber war da nicht auch ein klägliches Miauen? Nun rannten wir.

Hinter dem Haus war eine gläserne Veranda. Und tatsächlich: Darin lag Matz. Max war bei ihr und schlabberte sie ab. Wie völlig erschöpft musste sie sein, dass sie sich das gefallen ließ. Die Verandatür war nicht abgeschlossen, so konnten wir direkt hin zu unserer armen Katze. Sie war sehr schwach und offensichtlich dehydriert. Ich hatte glücklicherweise eine Wasserflasche bei mir, so konnte ich ihr sofort etwas zu trinken geben. Das tat ihr sichtlich gut.

Mein Mann und Heinz rätselten derweil, wie das Ganze wohl logisch zu erklären sei. Die Lösung am war am Ende recht einfach. Matz hatte die alte Villa inspiziert und dabei die Katzenklappe in der Verandatür gefunden. Sie war so groß, dass sogar Max durchpasste, doch leider auch alt und marode und deshalb nur noch in einer Richtung gängig. Matz war also reingegangen, aber eben nicht mehr herausgekommen. Mein Mann „reparierte" die Klappe sofort mit einem kräftigen Ruck, schon hatte er sie in der Hand – hier sollte nie wieder eine Katze eingesperrt werden.

Matz hat sich in den folgenden Tagen erfreulich schnell erholt, doch ich hatte das Gefühl, sie sei etwas vorsichtiger geworden. Und noch etwas hat sich verändert: ihr Verhältnis zu Max. Als ob sie wüsste, wem sie ihre Rettung zu verdanken hat, sind sie und Max inzwischen beste Freunde. Sie lässt sich sogar von ihm abschlabbern. Und was ich außerordentlich erstaunlich finde: Sie scheint es wirklich zu genießen.

Sherlock

Eigentlich führen wir ein ganz geruhsames Leben, meine Frau und ich. Beruflich läuft alles in geordneten Bahnen. Die Kinder sind schon aus dem Haus – Moritz studiert Maschinenbau, Nele macht ihr Referendariat – ein Zustand also, in dem der Ärger über unaufgeräumte Zimmer, nicht weggeräumtes Geschirr, ständig zu laute Musik und gleichmäßig im Haus verteilte Schmutzwäsche abgelöst wird von der Freude, ab und zu lieben Besuch zu bekommen. Besuch, der dann nach angemessener Zeit auch wieder abreist.

Statt der Kinder haben wir jetzt meine Mutter – auch nicht immer einfach, allerdings deutlich anders. Schmutzwäsche ist kein Problem, höchstens dass meine Mutter immer noch ein scharfes Auge darauf hat, ob ihr Sohn – also ich – auch ordentlich genug ist.

Aber sonst ist sie eine reizende alte Dame und meine Frau versteht sich ausgezeichnet mit ihrer Schwiegermutter – auch das soll es ja geben. Als mein Vater starb, hatte sie versucht alleine zurechtzukommen, aber die Einsamkeit setzte ihr so sehr zu und für viele Anforderungen des Alltags war sie schon ein wenig zu klapperig und leider auch zu tüddelig. So zog sie bei uns ein und meine Frau und ich hatten „endlich" wieder jemanden, um den wir uns kümmern mussten.

Aber wie gesagt, unser Leben war recht geruhsam. Und gerade vor einem so ruhigen, gleichmäßigen Hintergrund, können kleine Unregelmäßigkeiten, Abweichungen von der Routine, Ereignisse, die man sich nicht erklären kann, eine ungeheure Wucht entwickeln.

Aber ich will nicht vorweggreifen: Die Geschichte begann an einem Abend im April. Wie so oft machte ich meine Runde. Es ist ein wunderbares Gefühl, sich zu vergewissern, dass alles in Ordnung ist, voller Besitzerstolz sein Grundstück abzuschreiten. Wir haben einen sehr schönen Resthof mit einer Reihe von Extragebäuden – übrigens ein hervorragendes Jagdrevier für Minka, unsere außerordentlich liebenswürdige Katze. Sie hat hier auch wirklich viel zu tun, damit die Mäuse nicht überhandnehmen. Als wir vor sieben Jahren das Haus kauften, haben wir sie von den Vorbesitzern des Hofes mit übernommen, sie gehörte sozusagen zum Inventar, aber inzwischen haben wir sie doch sehr lieb gewonnen. Und sie uns auch. Minka hat vor allem meine Mutter sehr ins Herz geschlossen, oft streicht sie ihr um die Beine oder folgt ihr, fast wie ein kleiner Hund.

So ging ich an dem besagten milden Frühlingsabend, vorbei am ehemaligen Hühnerstall, dem alten Backhaus, der Scheune – alles schien wie immer. Doch plötzlich hörte ich ein klägliches Miauen. Das musste aus der Werkstatt kommen, einem Raum, zwar angegliedert an das Wohnhaus, aber mit nur einer Tür, die zum Hof führt. Minka war offensichtlich eingesperrt. Als ich die Tür öffnete, sprang sie an mir vorbei in die Freiheit, nicht ohne mir noch einen etwas vorwurfsvollen Blick zuzuwerfen, fast als sei ich die Ursache ihrer Gefangenschaft gewesen.

Ich wunderte mich. Die Tür war schließlich immer zu, wie sollte Minka in die Werkstatt gekommen sein? Und warum nicht wieder raus? Gut, das war wohl eines von den kleinen Geheimnissen des Alltags, so dachte ich, die sich nie auflösen. Aber es war ja nichts Schlimmes passiert und insofern auch nicht so wichtig. Das Ganze legte ich also auf dem Stapel für ungelöste Fälle ab – eine Zeit lang Wundern und dann Vergessen.

Doch es kam anders. Denn zwei Tage später: Minka eingesperrt, miauen, muss befreit werden.

Tröstlich an der Geschichte war, allzu sehr wird sich Minka nicht gelangweilt haben, in der Werkstatt hängen einige spezielle Schnüre und Bänder an der Wand, bei denen bestimmt mal jemand gewusst hat, wozu sie gut sind. Nun wusste es nur noch Minka: Sie waren so ziemlich das beste Spielzeug, was sich eine Katze wünschen kann. Minka war ganz verrückt danach.

Ich dachte mir, in der Sache sollte man doch mal was unternehmen – eine innere Ankündigung, der in der Regel keine Taten folgen.

Allerdings als Minka am nächsten und übernächsten Tag wieder befreit werden musste, war es soweit: Ich wollte wissen, was da los war! Natürlich hatte ich schon anfangs meine Frau und meine Mutter befragt. Beide wussten von nichts. Jetzt wollte ich es genauer wissen. Zu meiner Frau: „Bist du dir sicher, dass du nicht in der Werkstatt warst?"

Meine Frau: „Ich weiß doch, ob ich in der Werkstatt war, ich bin nie in der Werkstatt, das ist dein Revier, da hab ich nichts verloren, da müsste übrigens dringend mal sauber gemacht werden, aber das mach ich nicht, die Werkstatt ist ja dein Revier." Das war erschöpfend.

Bei meiner Mutter war es ähnlich unergiebig: „Was soll ich in der Werkstatt, ich brauch' doch kein Werkzeug."

Ich konnte also festhalten: Minka wurde nicht von einem Menschen in die Werkstatt gelassen – vorausgesetzt, man würde nicht von einer dritten Person ausgehen, beispielsweise einem Dieb, der immer wieder einbricht, nichts klaut, dafür aber die Katze einsperrt – eher unwahrscheinlich. Oder war ich es am Ende selbst, litt ich unter Bewusstseinsstörungen – diese Lösung des Problems lehnte ich kategorisch ab, sie war mir zu unsympathisch.

Ich hatte immer mehr das Gefühl, ich hätte einen Fall zu lösen, ja, ich kam mir schon fast ein wenig so vor wie Sherlock Holmes. Ich versuchte, Spuren zu finden und zu deuten. Ich erforschte die Werkstatt gewissenhaft bis in den letzten Winkel. Ich suchte nach geheimen Zugängen, verborgenen Hohlräumen unter den Dielen, unbekannten Öffnungen im Dach – letztere hätten dann sogar so beschaffen sein müssen, dass sie zwar Katzen aber keinen Regen durchlassen. Doch die Werkstatt war hermetisch abgeschlossen, keine Bretterwände mit Spalten, sondern solides Mauerwerk, keine Dachluke, kein Kamin, kein kaputtes Fenster, eine absolut dichte Decke, eine gut anliegende Tür – nichts, das Ganze machte mich langsam verrückt.

Außerdem, welcher Zugang hat die Besonderheit, eine Katze rein- aber nicht mehr rauszulassen? Eine Katzeneinbahnstraße? So etwas konnte ich mir noch nicht einmal theoretisch vorstellen. So waren meine Nachforschungen ebenso aufwendig wie erfolglos. Ich fand zwar eine Menge von Kleinteilen, die ich zu anderen Zeiten verzweifelt gesucht hatte – seltene Schrauben, wichtige Bedienungsanleitungen, einzigartige Unterlegscheiben und andere unverzichtbare Utensilien – aber ich fand das Entscheidende nicht: eine Spur, die mich wirklich weitergebracht hätte.

Ich vergegenwärtigte mir die Weisheiten der großen Detektive der Weltliteratur und stellte immer neue Überlegungen an. Wenn man das Naheliegende ausschließen kann, wird das Unwahrscheinliche wahrscheinlich. Dieser Spruch ging mir immer wieder durch den Kopf, wobei ich ihn letztlich nicht zuordnen konnte, stammte das von Holmes, Hecule Poirot oder doch Miss Marple? Bei meinem Fall schien es auch eher zu passen: Wenn man nichts Mögliches findet, muss es das Unmögliche sein. Das Unmögliche hat aber den Nachteil, dass es nicht möglich ist. Es ist möglich, dass ich in dieser Zeit auf meine Umgebung etwas gestresst gewirkt habe.

Am einfachsten wäre es gewesen, die Werkstatt durchgehend zu observieren, dann würde man ja sehen, wie die Katze hineingeht und warum sie nicht auf dem gleichen Weg wieder herauskommt.

Wie gesagt, man hätte sich auf die Lauer legen können, aber ich bin schließlich ein berufstätiger Mensch. Und am Wochenende? Da war die Katze nie eingesperrt gewesen. War das eine wichtige Spur, ein entscheidender Hinweis oder nur eine erneute Sackgasse? Inzwischen war ich wie besessen, eine Lösung zu finden, überlegte mir sogar, die Pfoten der Katze mit Farbe zu präparieren, um diese anschließend verfolgen zu können. Da ging dann meine Frau dazwischen, ich hätte ja wohl einen Knall und was denn in letzter Zeit mit mir los sei, man könne doch einfach ab und zu der Katze die Tür aufmachen, das wäre doch alles kein Problem, ich solle doch mal locker lassen. Ich konnte aber nicht locker lassen, ich wollte nicht locker lassen, ich wollte wissen, wie das möglich war, welcher verfluchte Zauber da wirkte, wer sich da gegen mich und den gesunden Menschenverstand verschworen hatte.

So kam es – und damals schien mir das der einzige logische Ausweg – dass ich mich krankschreiben ließ. Der Arzt meinte, ich hätte alle Anzeichen eines ausgewachsenen Stresssyndroms – wie recht der Mann hatte. Meiner

Frau sagte ich natürlich nichts von meiner Krankschreibung. Sie einzuweihen erschien mir kontraproduktiv.

Ich bezog also, statt zur Arbeit zu gehen, morgens meinen Beobachtungsposten. Ich positionierte mich dabei so, dass ich die Werkstatt gut im Blick hatte. Da man die Werkstatt natürlich nicht gleichzeitig von allen Seiten sehen kann, musste ich von Zeit zu Zeit meinen Standort wechseln. Außerdem sollten mich weder meine Frau noch meine Mutter sehen. Mir war kalt, nicht zuletzt deshalb meldete sich meine Sextanerblase alle Nase lang. So eine Observation ist enorm stressig, ansonsten aber stinklangweilig. Schließlich übte ich in meinem Versteck auf das Objekt meiner Observation – nämlich Minka – eine unwiderstehliche Anziehungskraft aus: Schmusig scharwenzelte sie die ganze Zeit um mich herum, anstatt jetzt endlich mal auf geheimen Wegen in die Werkstatt zu gelangen. So verging der erste Tag, ohne dass irgendetwas von Interesse passierte und ich muss sagen, Nichtstun beim Beobachten von keinerlei Ereignissen ist irrsinnig anstrengend.

Der zweite Tag war ähnlich. Mir fiel allerdings auf, wie angeregt sich meine Frau mit dem neuen Postboten unterhielt – eine Sache, die ich genaugenommen gar nicht wissen wollte. Sonst passierte erst mal nichts. Später geschah dann noch gar nichts. Nebenbei, Minka habe ich an diesem Tag überhaupt nicht zu Gesicht bekommen.

Ich kam mir schon ziemlich blöd vor, wie ich da versteckt hinter Büschen und Bäumen versuchte, etwas zu beobachten, was einfach nicht passieren wollte. Und ich hatte schon damals so eine Ahnung, dass ich mir nicht nur so vorkam.

An diesem Tag habe ich mir einen schlimmen Schnupfen geholt. Kein Wunder, ich hatte mich zwar warm angezogen, aber es war sehr frisch, und wenn man sich nicht oder fast nicht bewegt, zieht die Kälte von unten her in die Glieder. Das Wort Erkältung ist eigentlich sehr treffend.

Am Morgen des dritten Tages hatte ich schon erhöhte Temperatur, aber noch Durchhaltewillen. Der ging im Laufe dieses Tages, an den ich nur ungern zurückdenke, verloren. Am Nachmittag dann fiel dazu noch Nieselregen und das Fieber stieg – ich gab auf.

Nun war ich wirklich krank, ich musste ins Bett. Noch in den Fieberträumen verfolgte mich mein Problem. Sherlock Holmes und Minka machten sich über mich lustig, sie tanzten um mich herum und sangen: „Ach wie gut, dass niemand weiß, wie wir in die Werkstatt kommen."

Bevor ich dann endgültig davon überzeugt war, dass Sherlock Holmes der Täter war, erholte ich mich langsam. Das Fieber war gesunken und so machte ich nach fast einer Woche Bettruhe meine ersten Schritte vors Haus. Ich hatte mir fest vorgenommen, mich nach dem Ratschlag meiner Frau zu richten: Wenn die Katze gefangen ist, einfach rauslassen und Ruhe bewahren.

Ich wollte gerade wieder hineingehen, da sah ich meine Mutter aus der Werkstatt kommen, sie machte gerade die Tür hinter sich zu.

„Was machst du in der Werkstatt, Mutter?", fragte ich.

„Ach, das ist die Werkstatt", meinte sie versonnen.

„Ja, das ist die Werkstatt!", sagte ich – zugegebenermaßen ein wenig gereizt: „Ich wollte wissen, was du da machst?"

„Ich suche den Staubsauger", sagte sie wie selbstverständlich.

„Aber Mutter, der Staubsauger ist doch ganz woanders, in der Besenkammer", stöhnte ich.

„Ach, deshalb hab ich ihn nie gefunden", meinte meine Mutter und ging Richtung Haus. Aus der Werkstatt hörte ich vertraute Geräusche: Minka miaute – sie wollte raus. Wenn es das Unmögliche nicht ist, kann es auch das Naheliegende sein.

Jetzt blieb nur noch das Problem mit dem Postboten ...

Der Familientherapeut

Unsere Kinder waren damals dreizehn, zwölf und zehn Jahre alt. Sie hörten (vorausgesetzt, sie hatten Lust dazu) auf die Namen Susanne, Max und Markus. Zum Leidwesen meines Mannes und mir herrschte – vorsichtig ausgedrückt – nicht gerade Eintracht zwischen den Dreien. So eine Konstellation ist zwar überhaupt nicht selten, Streit zwischen Geschwistern kommt in vielen Familien vor – das hilft einem aber auch nicht weiter.

Was sich täglich bei uns abspielte an gegenseitigem grundlosem Ärgern, an Eifersüchteleien und fiesen Sprüchen, war schwer zu ertragen. Mein Mann Wolfgang und ich ertrugen es auch immer schlechter. Mit der Zeit wird man immer dünnhäutiger und ist dann selbst zu schnell gereizt und oft auch ungerecht. Nur wenn ein „Feind" von außen kam, zum Beispiel die Kinder von der anderen Straßenseite – wirklich unsympathische Vertreter ihrer Generation – hielten die Drei zusammen wie Pech und Schwefel. Genauso natürlich, wenn es ihnen nötig erschien, gegen ihre doofen Eltern eine gemeinsame Front zu bilden. Nein, bei uns herrschte wirklich kein Frieden.

Eines Abends saßen mein Mann und ich zusammen in der Küche. Es war ein besonders schlimmer Tag gewesen mit Türen schmeißen, Geschrei und wüsten Beschimpfungen. Einen Tag später hätte bestimmt keiner der Beteiligten noch sagen können, worum es eigentlich gegangen war, wahrscheinlich um alles und nichts. Wir waren niedergeschlagen und ratlos. Da fiel mir der Rat einer Freundin ein, wir sollten doch mal zu einem Familientherapeuten gehen, wir wären doch genau die richtige Familie für diesen Berufsstand, er wäre ja sozusagen für uns erfunden worden. Ich hatte das seinerzeit weit von mir gewiesen, vielleicht wegen der spitzen Zunge meiner Freundin. Bei denen ist ja schließlich auch nicht alles Gold, was glänzt, vor allem was ihre Ehe angeht. Sie hat nämlich einen glänzenden Mann, der glänzt durch Abwesenheit. Und was er in seiner Abwesenheit so treibt, will ich hier nicht weiter ausführen.

Aber zurück zu uns, ich hatte inzwischen das Gefühl, den Tatsachen ins Auge sehen zu müssen: Wir brauchten Hilfe! Nur wie sollte ich das meinem Mann beibringen. Männer reagieren doch oft immer noch so komisch, wenn es um Therapie und Therapeuten geht. Da setzt bei ihnen so ein tiefsitzender Fluchtreflex ein. Es geht um Gefühle, über die man dann auch noch reden soll – das ist ihnen unheimlich.

Ich war also äußerst vorsichtig und diplomatisch, als ich die Sache ansprach. Man könne sich doch eventuell mal überlegen, dass es vielleicht ganz gut wäre, wenn man den Gedanken in Erwägung ziehen würde, darüber nachzudenken, ob es unter Umständen nicht das Beste sein könnte ... muss man natürlich nicht ... nur, um sich mal zu informieren, äh ... eine Familientherapie?

Ich war auf alles gefasst. Es dauerte ein bisschen, dann sagte mein Mann sehr ruhig und getragen: „Ich glaube, das wird das Beste sein, Simone." Simone sagt Wolfgang nur, wenn er etwas wirklich ernst meint, sonst nennt er mich Moni. Mit dieser Reaktion hatte ich nicht gerechnet, wie wenig man doch seinen eigenen Mann kennt.

So kam es, dass mein Mann und ich schon eine Woche später einen Termin hatten bei einem Herrn Bodo Friedmann, Familientherapeut. Der Name war ja schon mal gut.

Ich weiß, das mit dem Termin war wirklich sehr schnell gegangen, alle, die schon mal einen Therapeuten gesucht haben, werden das bestätigen. Auch ich hatte viel herumtelefoniert und überall wurde mir erklärt, die Wartezeit wäre mindestens ... wenn nicht noch mehr und ob wir denn privat versichert wären – nein? – dann noch länger.

So war ich überglücklich, dass es bei Herrn Friedmann überhaupt geklappt hatte. Wir vereinbarten ein kostenloses, unverbindliches Anfangsgespräch. Seine Praxis würde allerdings, so berichtete mir der Therapeut, im Augenblick renoviert. Wir würden uns stattdessen in seiner Wohnung treffen.

Herr Friedmann wohnte in einem Hochhaus in einer Gegend, die man gemeinhin als sozialen Brennpunkt bezeichnet. „Da hat er für seinen Beruf ja genug Anschauungsmaterial", witzelte mein Mann – mir war nicht nach Witzen zumute. Im Gegenteil, als wir das Wohnzimmer des Therapeuten betraten, wurde mir ein bisschen unheimlich – vielleicht wegen des Wohnzimmers, das eine Renovierung übrigens auch dringend nötig gehabt hätte, mehr aber noch wegen des Therapeuten.

Um beim ersten Gespräch ungestört reden zu können, hatten wir beschlossen, unsere Kinder sicherheitshalber zu Hause zu lassen. Zum Glück, kann man sagen, denn dieser Herr Friedmann war – gelinde gesagt – etwas merkwürdig.

Nachdem wir Platz genommen hatten, wäre ja zu erwarten gewesen, dass er uns eingehend über unsere Probleme befragt. Ihm schienen aber als Informationen die Anzahl unserer Kinder und unsere Einkommensverhältnisse vollkommen zu genügen. Im weiteren Verlauf des Gesprächs war es ihm wesentlich wichtiger, seine kolossale Kompetenz und seine wegweisenden Erfolge auf dem Gebiet der Familientherapie darzulegen. Danach wurde er konkreter. Man könne nicht erwarten, dass so eine Therapie schnell ginge, vor allem bei einem so schwierigen Fall wie dem unsrigen. Das wären komplizierte Prozesse, wer das übers Knie bräche, könne mehr Schaden als Nutzen anrichten – so wie bei dem Großteil seiner inkompetenten Kollegen. Mit drei bis vier Jahren müsse man schon rechnen, bei nur drei Sitzungen in der Woche. Er wäre aber zum Glück mit einem Stundensatz von lediglich hundertachtzig Euro gegenüber anderen Therapeuten ja noch direkt billig – die seien ja auch nur aufs Geld aus – und nein, eine Kassenzulassung hätte er nicht. Wir stammelten etwas von Durch-den-Kopf-gehen-lassen, wir würden uns melden und nichts wie raus.

Mein Mann hat das dann mal spaßeshalber ausgerechnet und kam bei nur drei Jahren auf 84.240,- Euro. Wir beschlossen, uns nach einer günstigeren Variante umzuschauen.

Den nächsten Termin hatten wir bei einer Familienberatung eines öffentlichen Trägers. Bei dieser Vorbesprechung war alles anders. Die Dame, diesmal war es eine Therapeutin, hörte uns genau zu, wunderte sich etwas, dass wir die Kinder nicht mitgebracht hatten, sagte uns zum Abschluss, wir wären ein minder schwerer Fall und somit würde unsere Wartezeit bis zu einer Therapie ca. sechs Jahre sein, wenn kein Mutterschaftsurlaub dazwischen käme. Zu dem Einwand, die Kinder wären dann doch mehr oder weniger erwachsen, meinte sie, daran könnte sie nun auch nichts ändern und schlussendlich wäre das ja sogar erfreulich, würde es doch zeigen, dass sich Probleme auch von selbst lösen könnten. Wir waren bedient. Und dann gab sie uns noch, so im Hinausgehen, einen Rat mit auf den Weg: „Schaffen Sie sich doch ein Haustier an, das wirkt manchmal Wunder." Offen gestanden waren wir uns bei dieser letzten Bemerkung nicht ganz sicher, ob die gute Frau uns auf den Arm nehmen wollte.

Nach diesem Termin waren wir nicht nur immer noch rat-, sondern auch sprachlos. Mein Gefühl war: Hoffnungen begraben und weiter durch den Alltag kämpfen. Deshalb kam diese Idee mit dem Haustier zwischen meinem Mann und mir nicht weiter zur Sprache.

Doch es gibt Gedanken, die sich erst nach und nach im Bewusstsein breitmachen. Fragen tauchen auf, wie läuft es denn eigentlich bei anderen Familien, wie entwickeln sich Kinder, die regelmäßig mit einem Haustier zu tun haben, die mit dem Hund rausgehen, die Meerschweinchen sauber halten oder sich um eine Katze kümmern? Man guckt mal genauer hin, bewertet, vergleicht und kommt mit der Zeit zu dem Schluss, so ganz schlecht bekommt denen das anscheinend nicht.

Doch dann war es tatsächlich mein Mann, der das Thema ein paar Tage später wieder aufgriff. Offensichtlich war auch bei ihm dieser scheinbar nicht ernstzunehmende Ratschlag auf fruchtbaren Boden gefallen. Wir saßen in einem ruhigen Moment allein in der Küche, da begann er völlig unvermittelt: „Also einen Hund will ich nicht, wenn das nicht funktioniert, müssen wir auch noch Gassi gehen und die Kinder haben noch mehr Zeit, sich zu streiten." Und nach einer kurzen Pause: „Ich meine, wir sollten uns eine Katze anschaffen."

Männer können ziemlich direkt sein. Aber ich war durchaus seiner Meinung: Die Sache war beschlossen. Auch darüber, dass wir den Kindern im Vorfeld nichts verraten wollten, waren wir uns einig. Das würde nur unnötigen Anlass zum Streit liefern. Falls sich beispielsweise Susanne über eine Katze freuen würde, wären Max und Markus vehement dagegen. Aber vielleicht auch nur Max. Und Markus würde sich, um Max zu ärgern, auf Susannes Seite schlagen. Das wiederum könnte Susanne darin bestärken, doch noch ein Haar in der Suppe zu finden und vielleicht lieber einen Hund zu wollen oder einen Hamster oder eine Vogelspinne. Ja, am besten eine Vogelspinne, die will sonst keiner. Max würde sich inzwischen unheimlich auf die Katze freuen, während Markus klar werden würde, dass Katze auch Katzenklo bedeutet, und das fände er dann so eklig, dass er sofort ausziehen müsste. Also besser nichts sagen.

Es folgte eine außergewöhnlich konspirative Zeit, alles geschah in großer Geheimhaltung – die Recherche im Internet beziehungsweise welche Katzenrasse sich empfehlen würde. Das Tier sollte schon von der Anlage her sehr friedlich und ruhig sein, gleichzeitig kommunikativ – vor allem aber nervenstark.

Dann kam der Besuch im Tierheim. Da wurden wir aber leider nicht fündig. Es waren, zumindest zu diesem Zeitpunkt, nur mehr oder weniger gestörte Katzen da, arme Geschöpfe, die selbst psychologische Hilfe gebraucht hätten.

Zwischendurch kamen uns natürlich immer wieder Zweifel. Was dachten wir uns eigentlich, wie sollte so ein kleines Kätzchen unsere Familie wieder in Ordnung bringen? Wir stellten uns dieses arme Tier vor, einerseits umgeben von streitsüchtigen, rabiaten Halbwüchsigen und andererseits hilflose Eltern, die von ihm wahre Wunderdinge erwarteten. Konnte das gut gehen?

Nach dem vergeblichen Versuch mit dem Tierheim, schauten wir uns nach einem geeigneten Züchter um. Ziemlich unerfreulich, umschreibt es nur unzutreffend, was wir bei unseren Versuchen erlebten. Ich bin überzeugt, dass es eine Vielzahl von guten und vor allem völlig normalen Züchtern gibt. Wir allerdings sind nur solchen begegnet, die Katzen eher als edle, zerbrechliche und ungeheuer kostbare Ausstellungsstücke ansehen, mit

KOSTBARES
EINZELSTÜCK.
STAMMBAUM AB 14 JAHRH.
ZUM SONDERPREIS VON NUR
6750,- €

Stammbäumen, die bis ins frühe Mittelalter zurückgehen und entsprechend horrenden Anschaffungskosten. Ein Züchter hatte tatsächlich, als er merkte, dass wir bei dem von ihm genannten Preis zusammenzuckten, direkt Unterlagen für einen Kleinkredit zur Hand. An sich hat mich das alles ganz schön deprimiert, nicht so sehr der Preis, aber die Art und Weise, wie aus der guten alten Hauskatze ein prestigeträchtiges Konsumprodukt gemacht wird.

Gott sei Dank war unsere Suche bei Züchtern schon nach dem dritten Versuch beendet. Ein freundlicher Zufall kam uns zu Hilfe. Ich traf eine alte Freundin, die seit einiger Zeit auf dem Lande lebte und mich fragte, ob wir nicht zufällig Interesse an einer Katze hätten. Ja, hätten wir zufällig.

Aber es würden auch Kosten entstehen, meinte sie, für Impfung und Entwurmung und ob uns fünfzig Euro zu viel seien. Nein, das könnten wir uns leisten. Und so wurden wir Besitzer einer Hauskatze, aus dem Wurf einer Katzenmutter von einem Bauernhof, die noch eigenpfotig Mäuse jagte, eine ohne jeden Stammbaum.

„Wir haben jetzt übrigens eine Katze, sie heißt übrigens – na, das können wir uns ja zusammen überlegen" – Kinder vor vollendete Tatsachen zu stellen, ist oft gar nicht so schlecht. Die Reaktionen unserer Sprösslinge waren eher bedeckt. Süß, das merkte man, fand jeder der Drei das Kätzchen schon – wie sollte man es auch nicht süß finden – aber klar war, dass keiner Begeisterung zeigen wollte. Damit hätten sie zugeben müssen, dass ihre Eltern mal etwas richtig gemacht hatten und es hätte ihnen die Möglichkeit genommen, später doch noch zu protestieren – dann lieber abwarten. Ich war mit der Entwicklung trotzdem eher zufrieden.

Doch dann kam uns ein anderes Haustier dazwischen. Statt mit den Kindern zusammen in Ruhe unser neues Familienmitglied begrüßen zu können, klingelte es an der Wohnungstür. Da stand Oma Margot, ihr Hansi war mal wieder ausgebüxt und wir sollten dringend helfen, ihn wieder einzufangen. Hansi war, wie der Name schon sagt, ein Wellensittich und sein Freiheitsdrang hielt uns regelmäßig auf Trapp. Wolfgang und ich hatten da schon eine gewisse Routine. Manchmal kam mir der Verdacht, dass Oma Margot – mit uns übrigens nicht verwandt, alle im Haus nannten sie so – Hansi mit Absicht entkommen ließ. Das gemeinsame Einfangen mit jemandem aus der Nachbarschaft waren die Highlights in ihrem nicht gerade ereignisreichen Leben, Hansi wäre früher oder später wahrscheinlich von selbst zurückgekommen. So aber waren wir fast eine Stunde damit beschäftigt, Hansi wieder einzufangen oder besser gesagt anzulocken, ihn mit guten Worten und Leckerbissen von den Vorzügen der Gefangenschaft zu überzeugen. Wolfgang oben auf der Leiter am alten Birnbaum vor unserm Haus, ich hielt unten wahlweise die Leiter oder Oma Margot an der Hand, um sie zu beruhigen.

Als wir zurück in die Wohnung kamen, war es seltsam still. Sollten die Kinder nicht mehr da sein? Doch es war Licht im Wohnzimmer und Stimmen zu hören – ruhige, freundliche Stimmen und Lachen! Und dann standen wir in der Tür: Auf dem Teppich saßen meine drei Kinder, spielten wie beseelt mit unserem Kätzchen, nahmen ihre staunenden Eltern kaum wahr, auf eine Art und Weise einträchtig, dass sie mir fast ein bisschen fremd waren.

Ich hatte ein Gefühl wie Weihnachten – so komisch das klingt – aber es war wirklich mit dem Gefühl vergleichbar, dass ich als Kind hatte, wenn ich am Heiligen Abend das erste Mal vor dem kerzengeschmückten Baum stand, so eine Mischung aus heiligem Staunen, tiefem Frieden und Glück.

Ich habe mir später oft Gedanken gemacht, was an diesem Abend eigentlich genau passiert ist. Natürlich haben sich die Kinder auch weiter gestritten, aber eben in einem entscheidenden Maße weniger. Und sie haben sich auch schneller wieder vertragen, etwas, was sie früher nur äußerst selten gemacht hatten. Vielleicht ist es ein bisschen so, wie mit den unsympathischen Nachbarskindern – nur umgekehrt: Verbunden in der großen Zuneigung zu unserm Kätzchen, einem so anregenden, interessanten, unterhaltsamen und überaus liebenswerten Wesen wurden in meinen im Grunde doch wohlgeratenen Kindern die gleichen positiven Gefühle geweckt.

Es ist schon sehr erstaunlich, dass der saloppe Ratschlag der Familientherapeutin so gut war, so gut wie auch ihre Einschätzung unserer Familie: Wir waren wohl doch nur ein minder schwerer Fall.

Collie ist weg

„Irgendwann bleiben sie auch über Nacht weg", sagte ich. Meine Tochter Clara protestierte: „Aber doch nicht unsere Katze." Irgendwann bleiben sie auch über Nacht weg, murmelte ich ein zweites Mal und dachte dabei wohl eher an meine Tochter, vierzehn Jahre alt und wirklich sehr hübsch. Ich verscheuchte den Gedanken, hob ihn mir sozusagen für später auf. Jetzt ging es darum, meine Tochter zu beruhigen oder die Katze zu finden – am besten beides.

Wir waren erst vor kurzem aus der Stadt aufs Land gezogen und mit uns unsere Katze mit dem ziemlich unpassenden Namen Collie – früher fanden wir das komisch, inzwischen normal.

Collie hatte sich an unserem neuen Wohnort sehr schnell eingelebt und da sie nun, hier auf dem Lande, auch nach draußen durfte, von einem mehr oder weniger phlegmatischen Stubenhocker zu einem ausgesprochenen Stromer entwickelt. Man sah es ihr an, wie gut ihr das Landleben mit freiem Auslauf tat. Sie war lebendig, aufmerksam, an allem interessiert, ihr pechschwarzes Fell glänzte wie noch nie und ihr früher oft mäßiger Appetit hatte sich in richtigen Hunger verwandelt.

Es war wirklich kaum zu glauben, wie sie sich verändert hatte. Noch vor kurzem in der Stadtwohnung war sie oft träge, dann wieder nervös, ließ sich zwar leicht zum Spielen animieren, hatte dann aber schnell keine Lust mehr. Sie maunzte und miaute den ganzen Tag, als ob sie irgendetwas wollen würde, aber selbst nicht wusste, was. Mit anderen Worten, sie war unstet und leider oft auch unleidlich gewesen. Wenn sie jetzt von ihren Streifzügen kam, war sie die Ruhe selbst, zufrieden, schmusig und hungrig.

Doch an diesem Abend war sie weder schmusig noch hungrig, sie war nicht da. Und unsere Ruhe war dahin. Meine Tochter machte meine Frau verrückt und meine Frau mich. Nur unser Sohn Phillip, zwölf Jahre, blieb wie üblich total cool: „Die taucht schon wieder auf."

Wir Übrigen zogen es vor, uns extreme Sorgen zu machen. Nicht ganz unberechtigte Sorgen, schließlich ist die Welt mit all ihren Autos, blutrünstigen Hunden, schießwütigen Jägern, und heimtückischen Rattenködern ein höl-

lisch gefährlicher Ort für eine unbedarfte Katze. Und die Sorgen und scheußlichen Vorstellungen wurden mit der Zeit nicht weniger. Was am ersten Abend noch durch berechtigte Hoffnung erträglich ist, ist am zweiten schon fast nicht mehr auszuhalten und am dritten zum Verrücktwerden. Sorgen nutzen sich nicht ab, sie potenzieren sich mit dem Faktor Zeit.

„Wären wir doch nie aufs Land gezogen", greinte meine Tochter, und meine Frau Dagmar sagte immer wieder zu mir – im Ganzen ganz schön oft – „Wir müssen doch endlich was tun, Manfred", in ihrer Verzweiflung, nichts tun zu können.

Dabei hatten wir natürlich schon Einiges getan, nämlich das Naheliegende. „Collie, Collie!" rufend liefen wir die umliegende Gegend ab, wir fragten alle Nachbarn und im Tierheim, wir bepflasterten gefühlte hundert Bäume und Laternen mit Steckbriefen von Collie, wir erkundigten uns bei der Polizei, ob sie eine Katze – nein, nicht einen Collie – gesehen hätten (sie hatten, aber nicht unsere) und ob aktuell etwas über katzenfangende Unholde bekannt wäre – nein, keine Unholde.

Am Nachmittag des vierten Tages saßen wir im Garten, erschöpft von den vielen Sorgen und beratschlagten, was noch zu tun sei – es fiel uns nichts mehr ein. Clara heulte, wie oft in den letzten Tagen, und so war Phillip ins Haus gegangen, um den Gefühlsausbrüchen seiner Schwester aus dem Weg zu gehen. Er kam recht schnell zurück, verwunderlich, er kannte doch die ungefähre Dauer von Claras Heulattacken. Wohl bewusst, dass er eine Bombe platzen ließ, sagte er so ganz nebenbei: „Ach ja, Collie sitzt auf dem Küchentisch und isst Thunfisch."

„Was??", kam es mehr oder weniger gleichzeitig aus unseren Mündern. Wir sprangen auf und rannten in die Küche. Nur Phillip nicht, der hatte Collie ja schon gesehen.

Tatsächlich, da saß unsere Katze auf dem Tisch und leckte sich noch die Lippen. (Wer hatte denn, verflucht noch mal, die offene Fischdose auf dem Tisch gelassen – egal.) Große Erleichterung! Wir alle drei wollten gleich hin zu ihr, sie streicheln und herzen. Das war dann wohl zu viel auf einmal. Collie nahm Reißaus und sauste den einzig freien Ausweg nehmend ins neben der Küche liegende Esszimmer und verschwand unter unserer großen eichernen Anrichte. Wir waren völlig perplex. Nun gut, unsere Begrüßung war vielleicht in der großen Wiedersehensfreude zu ungestüm und außerdem hatten wir sie bei etwas Verbotenem ertappt. Aber diese Reaktion war schon mehr als merkwürdig. Ich begab mich auf alle Viere und krabbelte an den Schrank heran. „Collie, was ist denn los mit dir, mein Schatz", flötete ich unter den Schrank. Aber nichts da, ich erntete nur ein Fauchen. Und der Versuch, sie mit der Hand zu erreichen, brachte mir eine kleine Kratzwunde ein. Ich sah so gut wie nichts von ihr unter der Anrichte, schwarze Katzen sind im Dunkeln schlecht zu sehen. Nur ihre charakteristischen grün-gelben Augen funkelten mich an.

„Du machst das auch ganz falsch", meinte meine Frau: „Lass mich mal." Doch auch meine Frau schien es falsch zu machen und selbst Clara hatte keinen Erfolg. Wir schafften es beim besten Willen nicht, Collie hervorzulocken. Um zu beraten, was jetzt weiter zu tun sei, versammelten wir uns um den Küchentisch, die Esszimmertür fest im Blick. Noch einmal sollte uns Collie nicht weglaufen, die letzten Tage waren zu aufreibend gewesen und so merkwürdig, wie sie sich jetzt benahm, musste man ja mit allem rechnen.

Wir stellten die wildesten Vermutungen an: Vielleicht ist das Landleben doch nichts für sie oder vielleicht hatte sie eine traumatische Erfahrung mit einer anderen Katze oder wahlweise mit einem Hund oder einem oder mehreren Menschen, oder vielleicht hatte sie einen Unfall und als Folge Gedächtnisverlust oder vielleicht etwas Rattengift gefressen und in kleinen Dosen wirkt das eventuell wie eine bewusstseinsverändernde Droge – die Spekulationen waren ebenso vielfältig wie unergiebig. Etwas wirklich Überzeugendes fiel uns nicht ein. Aber was auch immer die Ursache für Collies merkwürdiges Verhalten sein konnte, wir nahmen uns vor, sie ganz vorsichtig und liebevoll mit guten Worten und noch besseren Leckerbissen, aus ihrem Versteck zu locken.

So verging der Tag. Und obwohl wir uns abwechselnd vor die Anrichte hockten, mit den liebsten Worten und den erlesensten Delikatessen um die Gunst unserer offensichtlich verstörten Katze warben, hatten wir nicht den geringsten Erfolg – Collie ließ sich nicht erweichen. Nur Phillip machte mal wieder nicht mit: „Die wird schon kommen, wenn ihr danach ist." Er hatte nicht die geringste Neigung, vor der Anrichte herumzukriechen.

Es war gegen Abend, wir saßen um den Küchentisch, machten eine kleine Pause, da kam der Bengel aus dem Garten rein und ließ die nächste Bombe platzen: „Collie kackt mal wieder ins Kräuterbeet." Mein Sohn bevorzugt die derbe Sprache, was mich aber in diesem Moment überhaupt nicht interessierte. Wir liefen in den Garten. Collie, die ihr Geschäft offensichtlich gerade abge-schlossen hatte, stand da, völlig ruhig und selbstverständlich, als wollte sie sagen: Wie könnte ich verloren gehen,

ich bin immer genau da, wo ich bin, nämlich im Mittelpunkt des Universums. Dann kam sie freudig – und hungrig – auf uns zugetrippelt.

Gab es zwei Collies? Verwirrung mischte sich mit Freude: Die Collie, hier im Garten, war ganz eindeutig die Richtige. Aber wer war das unter der Anrichte?

Wir sollten es nie erfahren. Collies Doppelgängerin hatte die Gunst des Augenblicks genutzt, sich aus ihrem Versteck getraut, war durch die Küche in den Garten in einem Höllentempo an uns vorbeigeschossen – wir sahen sie nur noch von hinten.

Diese Geschichte ist in die Annalen unserer Familie eingegangen als die mit Collies Zwillingsschwester und wir haben uns später noch oft darüber amüsiert. Phillip fand das Ganze nicht so aufregend: „Ich hab doch gesagt, die kommt wieder, wo sollte sie denn sonst hin?"

Wo Collie in den Tagen damals eigentlich war? Das haben wir nie herausgefunden. Auch später noch blieb sie manchmal tagelang weg, aber da hatten wir, meine Frau und ich, schon andere Sorgen, und zwar mit unserer Tochter Clara, denn: Irgendwann bleiben sie auch über Nacht weg …

wollen. Man muss es eher so anstellen, wie ich es in diesem Fall dann auch getan habe: Strategie „Vollendete Tatsachen". „Mein Mann hat Ihnen ja schon gesagt, worum es geht, ich bin Ihnen unendlich dankbar, dass Sie sich bereitgefunden haben, während unseres Urlaubs sich ein wenig um unseren reizenden Kater zu kümmern. Heutzutage sind freundliche Menschen ja so ausgesprochen selten geworden", säuselte ich und wie auf Kommando stimmten meine Kinder sofort ein: „Das ist ja wunderbar!", kam es unisono von den beiden, während Fritz auf seinem Schoß anfing zu schnurren. Das konnte er nicht parieren, dafür war er einfach viel zu langsam und konfliktscheu – so war es beschlossen und unser Urlaub gerettet.

Man könnte nun meinen, die Geschichte sei an dieser Stelle zu Ende gewesen – war sie aber nicht.

Erstmal lief alles weiter nach Plan, die Tage vergingen, die Vorbereitungen für den Urlaub wurden abgearbeitet, alles Nötige besorgt von Sonnencreme bis zu passendem Schuhwerk zum Wandern, die Koffer gepackt, die Rucksäcke bestückt – die Fahrkarten waren schon lange gekauft. Fritz schien das ganze Hin und Her ein wenig nervös zu machen – allerdings auch neugierig. Manchmal kroch er in einen Rucksack oder probierte einen Koffer als Ruhelager aus.

Dann kam der Tag der Abreise. Manni war gekommen, sozusagen zur Übergabe. Er saß auf dem Balkon, trank Kaffee zu den Keksen, die ich ihm hingestellt hatte. Lange Abschiedsszenen mit unserm Kater schienen uns eher kontraproduktiv. Er war auch gerade mal wieder unauffindbar. „Ist Fritz bei dir?", rief Thomas Manni zu, der nickte – oder nickte er gerade ein? Egal, wir schnappten unsere sieben Sachen und weg waren wir. Alles Weitere klappte wunderbar, rechtzeitig am Bahnhof, der Zug pünktlich, die reservierten Plätze frei und wir waren allerbester Stimmung.

So fuhren wir also Richtung Tirol – was für uns, wohnhaft in Augsburg, gar nicht so weit ist. Kurz bevor wir an unserm Zielort ankamen, klingelte mein Handy. Es war Manni, ob ich wüsste, wo Fritz sei, er hätte wohl ein weniger geschlummert und er würde den Kater nicht finden. Was er denn jetzt machen solle. „Was ist los?", schrie ich – ja, ich muss gestehen, ich schrie. Gott sei Dank hatte ich dann den Reflex, meinem Mann das Handy in die Hand zu drücken, ich wäre sonst bestimmt ausfallend geworden. Und das soll man nicht, schon gar nicht vor den Kindern – außerdem nützt es ja nichts. So fragte Thomas noch mal nach: „Hast du auch überall geguckt, aha, wirklich? Und unter dem Küchenschrank, ach, da auch. Hast du mal die Trockenfuttertüte geschüttelt? – Dann mach das mal, das nützt eigentlich immer."

Die Reisestimmung war hin und die Alpengipfel uninteressant. Aber was sollten wir machen? Sofort zurückfahren? Na ja, erst mal aussteigen, der nächste Halt war unser Zielbahnhof.

Thomas telefonierte noch mal mit Manni. Ja, er hätte das gemacht mit der Tüte, und nein, Fritz sei nicht aufgetaucht, jetzt wäre er aber müde und hungrig, wollte nach Hause und überhaupt, das mit den Haustieren wäre ja ganz schön aufreibend, so hätte er sich das nicht vorgestellt.

Wir waren inzwischen angekommen und liefen vom Bahnhof den nicht allzu langen Weg zu unserem Ferienhaus. Da saßen wir nun auf der Terrasse unseres wunderschönen Domizils, wobei uns in diesem Augenblick das „wunderschön" herzlich egal war. Wir machten uns große Sorgen, obwohl das Ganze gar nicht zu verstehen war. Wo war Fritz geblieben, der Balkon hatte ein Netz und ansonsten hatte er noch nie Anstalten gemacht, aus der Wohnung abzuhauen, selbst wenn einer versehentlich die Wohnungstür hatte offen stehen lassen. Meike meinte, Manni hätte bestimmt nicht aufgepasst, Fritz wäre jetzt draußen und würde verzweifelt nach uns suchen. Sie war natürlich dafür, sofort wieder nach Hause zu fahren. Mein Mann war da schon etwas pragmatischer, heute ging sowieso kein Zug mehr zurück, und ob Fritz nun wirklich eher wieder auftauchen würde, wenn wir zu Hause wären, sei ja ausgesprochen fraglich. Mark meinte: „Am besten wir warten erst mal zwei-drei Tage, nutzen die Zeit und gehen im Bergsee baden." Das war noch pragmatischer, Meike wäre ihm fast an die Gurgel gegangen. Gefühlsmäßig neigte ich meiner Tochter zu, doch mein Mann hatte ja auch nicht unrecht. Außerdem hatte ich mich doch so sehr auf den Urlaub gefreut. Wir wussten nicht weiter, saßen schweigend um den Terrassentisch herum und wurden auf eine Art und Weise erlöst, die wir uns nicht hätten träumen lassen. Nein, kein Anruf von Manni, er habe Fritz gefunden. Es war ein Geräusch aus der Küche unseres Ferienhauses, genau gesagt ein Miauen. „War das nicht Fritz?", fragte mein Mann ungläubig.

Wir schauten uns eine Sekunde entgeistert an. Dann sausten wir in die Küche. „Das gibt's doch gar nicht", stieß ich hervor. Da saß unser Kater Fritz, schaute uns an, als ob es die natürlichste Sache der Welt sei und machte sein Ich-habe-Hunger-Gesicht. Wie haben wir uns gefreut und wie waren wir perplex. Eigentlich war das ja nicht möglich. Da wir in unserer Familie aber nicht unbedingt an Übernatürliches glauben, machten wir uns daran, eine physikalisch korrekte Lösung zu finden. Und siehe da, es war gar nicht so schwierig. Einer der Rucksäcke war schon offen und hatte genau so viel leeren Platz, um eine Katze aufzunehmen. Fritz musste sich dort also versteckt haben, während wir ihn auf dem Balkon bei Manni vermuteten. Dass er aber die ganze Zeit auf dem Weg zum Bahnhof, im Zug und dann auf dem Marsch zu unserm Ferienhaus keinen Mucks gemacht hat – das war zwar kaum zu glauben, aber ich habe es ja schon erwähnt: Fritz ist ein besonderer Kater.

Katzensitter

Zugegeben, meine Geschichte ist eigentlich keine Katzengeschichte, sie handelt eher von Menschen oder besser gesagt von mir – und weniger von unserer Katze. Andererseits hätte es ohne sie die Geschichte natürlich nicht gegeben.

Ich bin Stefan Mertens, unsere heißt Katze Milli, mein Sohn Moritz und meine Frau Henrike. Und mit letzterer fing die Geschichte an, um genau zu sein mit dem scheinbar harmlosen Wort Schatz. Ausgesprochen von meiner Frau klingt das allerdings anders, nämlich „Scha-atz", also zweisilbig, und ist alles andere als harmlos. Es bedeutet nämlich etwas. Meist etwas Unangenehmes. Dass sie etwas von mir will. Etwas, was ich nicht unbedingt will oder nicht so. Oder nicht jetzt oder überhaupt nicht. Es kann auch eine Erinnerung an sorgsam Verdrängtes sein, an etwas, was ich hätte tun müssen oder noch tun muss oder an das ich allmählich mal denken müsste. Meine Frau hat einen Pakt mit meinem schlechten Gewissen geschlossen.

Bei einfachen Mitteilungen nennt sie mich nie Schatz, sondern nur ganz profan mit meinen Vornamen. „Stefan, ich geh' mal eben zu Veronika, mach du dem Jungen heute das Abendessen", oder „Stefan, jemand müsste mal die leeren Kartons in den Keller tragen, Stefan."

„Scha-atz" dagegen ist ein schweres Geschütz, da kommt etwas auf mich zu, auf das ich nicht vorbereitet bin, schutzlos ausgeliefert. So was wie, ob ich mir schon Gedanken gemacht hätte, wie wir unseren Anteil am Hausfest gestalten wollen, ob ich in diesem Zusammenhang noch an meine Zusage denken würde – um Himmels Willen, welche Zusage? Ob ich die Weihnachtsgeschenke für meine Eltern besorgt hätte, es wären ja schließlich meine Eltern und Weihnachten sei wie jedes Jahr am vierundzwanzigsten Dezember, ob ich das vergessen hätte und wie es denn mit dem Elternabend von Moritz Klasse sei, das hätte ich doch übernommen. Nun gut, Weihnachten kann ich datumsmäßig zuordnen, aber den Elternabend vergesse ich regelmäßig. Ich muss überhaupt zugeben, dass mein Gedächtnis miserabel ist. Ich kann mir meist nur solche Sachen merken, wie jeden Morgen zur Arbeit zu gehen – das habe ich tatsächlich noch nie vergessen.

Doch zurück zu „Scha-atz". Diesmal hatte ich nichts vergessen, es war also etwas Neues. Gut, so neu war es auch nicht, aber dass diese Pflicht auf mich zukommen würde, war mir bis zu diesem Zeitpunkt nicht klar. „Wie du weißt, fahren wir in drei Wochen in den Urlaub", leitete meine Frau ihre Ausführungen ein: „Und du hast dich noch nicht um einen Katzensitter gekümmert, das wird jetzt Zeit."

„Einen Katzensitter?", fragte ich nach, obwohl ich schon wusste, was sie damit wohl meinte. Eine Verständnisfrage ist immer gut, um etwas Zeit zu gewinnen. „Na, was wird ein Katzensitter wohl sein", sagte meine Frau mit dem entsprechenden Unterton und Zeit hatte ich eigentlich nicht gewonnen. Der Frage, warum ich das denn machen sollte, kam sie zuvor: „Ich hab schon den Rest erledigt, du kannst auch mal was machen." Sie war wieder mal schneller gewesen. Was sie unter Rest verstand, war mir zwar schleierhaft – aber nachfragen? Schließlich wollte ich noch einen ruhigen Abend verbringen und meiner Frau würde zu einer solchen Frage sehr, sehr viel einfallen und sie bestimmt wahnsinnig ausführlich beantworten.

Mir purzelten ein Haufen Gedanken durch den Kopf, verschiedene Varianten von: „Wie kann ich mich gegen diese Frau nur behaupten?", bis: „Wen soll ich bloß fragen – wen kenne ich eigentlich?", sodass der Teil meines Hirns, der für die verbalen Äußerungen zuständig ist, nicht in der Lage war, eine halbwegs adäquate Antwort zustande zu bringen. So kam meinerseits nur ein unschlüssiges „Tja, also äh …" heraus.

„Du kannst doch einfach Petra und Bernhard fragen", das war ein ebenso konkreter wie hilfreicher Gedanke von meiner Frau. Ja, das könnte ich eigentlich tun, dachte ich mir. Ich frag die einfach, ich hatte ja drei Wochen Zeit, also kein Problem. „Gut ich übernehme das", sagte ich entschlossen – Erleichterung machte sich breit.

Petra und Bernhard waren Nachbarn von uns, lebten im selben Haus im Erdgeschoss, wir im dritten Stock. Ich würde also runtergehen, klingeln und fragen: „Wollt ihr euch nicht für drei Wochen um unsere Katze kümmern?" Sicher würden sie ja sagen.

Natürlich, soviel war mir klar, müsste ich sie auf die Schnelle in die Geheimnisse der Katzenhaltung einweihen, sie über Fütterung, Fellpflege und Sonstiges, vor allem aber den Umgang mit dem Katzenklo aufklären. Milli war da nämlich etwas kapriziös, wenn nicht alles genau ihren Vorstellungen entsprach, wählte sie auch schon mal einen Blumentopf, um sich zu erleichtern. Da kam schon Einiges zusammen. Recht überlegt wäre es

wohl ein ziemlicher Überfall gewesen – und mir liegt es überhaupt nicht, jemanden unter Druck zu setzen. Kurz und gut, ich ging am nächsten Tag nicht hinunter. Mir war der Gedanke gekommen, es wäre doch viel besser, wenn man sich zufällig im Hausflur träfe, das Gespräch wäre auf den Urlaub zu lenken und auf die Notwendigkeit, jemanden zu finden, der sich um die Katze kümmert. Man würde das sehr betonen, wie lieb die Milli doch sei und überhaupt, war nicht Petra ganz verrückt nach der Katze gewesen? Sicher würde in einem solchen Gespräch von Petra oder Bernhard das Angebot, unsere Katze in Pflege zu nehmen, ganz von selbst kommen.

Nach einiger Zeit, an denen ich hauptsächlich daran dachte, morgens zur Arbeit zu gehen, zählte ich die Tage bis zum Urlaub: Es waren tatsächlich nur noch zehn. Ich hatte in dieser Zeit weder Petra noch Bernhard im Treppenhaus getroffen. Waren die vielleicht selber im Urlaub? Sonst traf man die dauernd.

Aber sie waren nicht im Urlaub. Zwei Tage darauf begegnete mir nämlich Bernhard im Treppenhaus.

„Hallo", und „Wir fahren in den Urlaub", sagte ich und er: „Ach ja, toll", und ich: „Und wir haben noch niemanden für die Katze", und er: „Na, dann wird's ja Zeit, aber wird schon klappen – viel Spaß im Urlaub!" Weg war er, freundlich wie immer.

Ich hatte mir das irgendwie anders vorgestellt. Ein neuer Plan musste her, vielleicht ganz andere Leute bitten, aber wen? Mit diesen Überlegungen betrat ich – fünf Tage vor dem Urlaub – unsere Wohnung. Sollte ich einfach meine Frau dazu fragen? Sie würde bestimmt jemanden wissen ...

Doch es sollte anders kommen. Bevor ich mich zu meiner Frage hatte durchringen können: „Scha-atz, du hast das doch hoffentlich schon klar gemacht mit Petra und Bernhard wegen Milli – oder etwa nicht?" „Natürlich, alles klar", kam es aus meinem Mund, mein Gehirn schien nicht mitgewirkt zu haben, die Antwort war von selbst entstanden. „Das ist ja super", lobte mich meine Frau und das durch dieses Lob ausgelöste Gefühl war eher, ich will es mal vorsichtig ausdrücken, zwiespältig.

Ich hatte mich selbst festgenagelt, jetzt gab es kein Zurück mehr. Das sei, so sagte ich mir, vielleicht ja auch ganz gut, nun musste ich die Sache durchziehen. Es würde bestimmt klappen: Runtergehen, klingeln, ganz konkret sein, keine Ausflüchte zulassen, klarmachen, dass wenn man befreundet ist, man sich schließlich auch helfen muss! Hatte ich denn nicht auch damals, als Bernhards Auto kaputt war, mit unter dem Wagen gelegen oder doch zumindest danebengestanden, bei der Eiseskälte – da war so ein bisschen auf die Katze aufpassen doch wohl das Mindeste. Also sofort runter – gleich morgen!

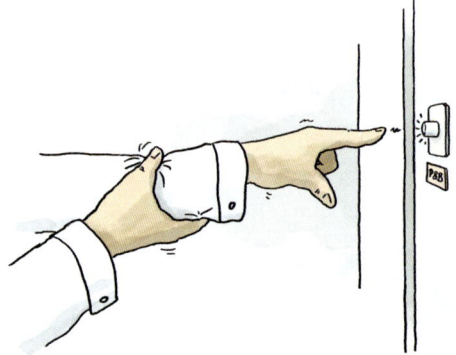

Wenn man sich durchringt, etwas zu tun, zum Beispiel irgendwo zu klingeln und dieses Durchringen war ganz aufreibend und anstrengend und man musste allen Mut zusammennehmen, scheint es so, als ob die Zeit immer langsamer vergeht. Man steht da, der Finger bewegt sich in Zeitlupentempo Richtung Klingelknopf, zögert, zieht sich etwas zurück. Der Befehl zu klingeln wird vom Verstand wiederholt. Der Finger nähert sich erneut, jetzt etwas ruckhaft – und dann dieses ohrenbetäubende, völlig überraschende Klingelgeräusch! Man hätte ja nie gedacht, dass das so schrill klingt und sich so irrsinnig real anhört. Jetzt kommt gleich jemand! Hört man da nicht Schritte? Nein, keine Schritte. Erleichterung und Enttäuschung kämpfen um die Vorherrschaft. Man klingelt noch mal – in einem Bruchteil der Zeit des ersten Mals. Es macht keiner auf. Es ist niemand da! Die Enttäuschung hat gewonnen.

Jetzt war ich schon so weit gewesen, jetzt hätte ich alles klar gemacht. Zwar hatte ich, auf den ersten Blick, eine prima Ausrede – die waren halt nicht da. Aber was nützte mir das, ich hatte meiner Frau ja schon gesagt, die Sache wäre erledigt. Ich konnte sie noch nicht einmal fragen, ob die beiden verreist wären. Das musste ich als Nächstes herausfinden. In ihren Briefkasten schauen, ob sich die Post staut, das wäre ein Zeichen von „Weggefahren".

Der Briefkasten war leer. War das jetzt ein gutes Zeichen? Könnte sein, vielleicht war es aber auch nur Zufall. Dann plötzlich eine Stimme hinter mir, was ich denn da machen würde. Es war Frau Müller, auch Parterre. „Ach, ich guck nur so", stammelte ich und dass ich Petra und Bernhard suchen würde und ob sie wüsste, wo die beiden wären. „Bestimmt nicht im Briefkasten", war ihr bissiger Kommentar, ansonsten wusste sie nichts.

Ich schlich zurück in unsere Wohnung und versuchte mit allen Mitteln meiner Frau aus dem Weg zu gehen. Sie hatte ausnehmend gute Laune, packte schon Sachen für den Urlaub, bezog mich immer wieder in ihre Gedanken mit ein, ob ich mich denn auch schon so auf den Strand freuen würde und ob meine Badehose noch „vertretbar" sei und ich solle doch endlich mal ein bisschen fröhlicher sein, der Urlaub sei schließlich die schönste Zeit des Jahres. Für mich waren die folgenden zwei Tage mit die schrecklichsten in meinem Leben.

Meine Frau bekam schon mit, wie gestresst ich war. Sie meinte, dass ich so unruhig schlafe und ich sähe gar nicht gut aus, so blass und ange-spannt. Nur gut, dass es bald in den Urlaub ginge. Außerdem wunderte sie sich, was ich denn immer im Treppenhaus treiben würde, ob's da irgendwas zu gucken gebe. In der Tat war ich dort fast mehr als bei uns in der Wohnung. Getrieben von der verzweifelten Hoffnung, Petra und Bernhard doch noch anzutreffen, klingelte ich mir die Finger wund, ich rief mehr oder weniger durchgehend alle mir bekannten Telefonnummern der zwei an. Dass sie wirklich nette, gutgelaunte AB-Ansagen haben, empfand in dieser Phase eher als Hohn.

Ich war völlig am Ende. Einmal mehr hatte ich unten vergeblich geklingelt. Morgen Abend wollten wir in den Urlaub fliegen. Ich würde es nicht mehr schaffen. Nachdem ich in den letzten Tagen so hektisch und nervös war, kam plötzlich eine große, schwere Ruhe über mich. So ein Gefühl von Schlusspfiff. Die eigene Mannschaft hat trotz aller Anstrengung, trotz Bangen und Hoffen den Ausgleich nicht geschafft – es ist vorbei, Game over. Ich musste Henrike alles gestehen. So schlich ich die Treppe hoch.

„Du, Stefan", ich schreckte zusammen, war die Stimme hinter mir nicht die von Petra? Ich drehte mich um und starrte sie an. Statt etwas Sinnvolles zu sagen, etwas von dem, was ich mir all die Tage zurechtgelegt hatte, brachte ich nur ein „Ach, hallo Petra" heraus. Ich muss dabei ziemlich blöde geguckt haben, Petra schien etwas verwirrt. Sie zögerte einen Augenblick, überwand sich dann aber und sagte: „Also, ihr fahrt morgen in den Urlaub und ich hatte so gehofft, dass ihr mich fragt, ob ich mich um eure Katze kümmern kann, du weißt ja, wie süß ich die finde. Habt ihr jemand anderen dafür gefunden? Ich bin direkt ein bisschen beleidigt, dass ihr nicht mich zuerst gefragt habt." Und da endlich funktionierte mein Gehirn wieder: „Liebe Petra", sagte ich feierlich: „wenn du das gerne machen willst, dann sollst du das auch machen, du geht auf jeden Fall vor!"

Petra war glücklich, aber bestimmt nicht so glücklich wie ich. In diesem Moment kam meine Frau durch das Treppenhaus und fragte: „Na, macht ihr noch die Feinheiten wegen Milli klar?" Petra guckte ein wenig irritiert, doch bevor sie etwas sagen konnte, meinte ich ganz souverän: „So ist es, meine Liebe, warte nicht auf mich, ich komme gleich nach."

Wo Petra und Bernhard in den Tagen waren? In einem Meditationskloster, ohne Internet und Handy – bei einem Seminar mit dem Titel „Die Kraft der Stille erfahren". Bestimmt eine schöne Erfahrung.

Am nächsten Tag saßen wir im Flieger, meine Familie und ich. Meine Frau hakte sich bei mir ein und meinte: „Ich hätte ja nie gedacht, dass du das so gut hinkriegst mit dem Katzensitter. Mit so was stellst du dich ja manchmal ein bisschen ungeschickt an."

„Wie", meinte ich, „hast du etwa damit gerechnet, dass ich das nicht schaffe? Was wäre denn dann gewesen?" Meine Frau schaute mich ganz treuherzig an und sagte: „Mein lieber Schatz, ich werde doch nicht den Urlaub gefährden. Ich hatte natürlich sicherheitshalber meine Mutter gefragt, die hätte das zur Not auch gemacht."

Die Dating-Katze

Was ich mit meiner Katze erlebt habe, ist schon einigermaßen sonderbar. Eigentlich liegt mir das Übersinnliche fern und ich bin keine Anhängerin irgendwelcher esoterischen Lehren, aber so richtig in Einklang zu bringen mit meiner ansonsten rationalen Weltsicht, war das alles nicht.

Aber am besten fange ich mit dem Anfang an. Mein Name ist Charlotte Schiefer, zweiundvierzig Jahre alt, wohne in einer süddeutschen Kleinstadt allein in einer hübschen, toll gelegenen Drei-Zimmer-Wohnung und arbeite in der städtischen Verwaltung – soweit völlig unesoterisch. Und ich habe eine Katze, auch das ist nichts Besonderes.

Da meine Wohngegend sehr ruhig ist, mit vielen Gärten, freundlichen Nachbarn und wenig befahrenen Straßen, darf Pepina – so heißt meine Katze – jederzeit nach draußen. Sie hat eine Klappe zum Balkon und davor einen für den Abstieg in den Garten überaus geeigneten Kirschbaum.

So hatten wir uns gut eingerichtet. Pepina ging gerne nach draußen, kam auch gerne wieder heim und das immer wohlbehalten, ohne Spuren irgendwelcher Auseinandersetzungen mit Hunden oder anderen Katzen der Umgebung und da sie sterilisiert war, konnte ich beruhigt sein, dass sie auch nicht irgendwelche ungewollten Überraschungen unter ihrem dichten Fell trug.

Gesund, angenehme Arbeit, gute Freunde, schöne Wohnung und eine süße, liebe Katze – ich war mit meinem Leben zufrieden. Oder doch zumindest fast, denn ich fühlte mich manchmal ziemlich einsam. Ich hätte mir doch jemanden gewünscht – natürlich einen Katzenliebhaber – der aber eben nicht nur die Katze lieb hat.

Doch es ist nicht so einfach, einen passenden Partner zu finden, wenn man nicht mehr die Jüngste ist. Weder man selbst noch gleichaltrige Männer werden mit den Jahren zwangsläufig attraktiver. Dazu kommt, einerseits nehmen die komischen Eigenarten und merkwürdigen Angewohnheiten mit den Jahren zu, andererseits nimmt in gleichem Maße die Bereitschaft ab, diese beim jemand anderem zu tolerieren. Aber wie gesagt, ansonsten ging es mir sehr gut.

Die Geschichte, die ich eigentlich erzählen will, begann vor ungefähr eineinhalb Jahren. Ich war von der Arbeit nach Hause gekommen und machte mir mein Essen warm. Es war ein typischer Apriltag gewesen – mit dem sprichwörtlichen Wetter – und allmählich machte ich mir Sorgen, weil Pepina sich nicht blicken ließ. Das war seltsam, normalerweise erwartete sie mich schon, wenn ich nach Hause kam, und das trotz Gleitzeit. Manchen Katzen haben da ja ein gewisses unerklärliches Gespür. Pepina hatte das.

Gut, es war auch schon vorgekommen, dass sie abends mal später kam, allerdings selten und wenn, dann an lauschigen Sommerabenden.

Das Essen schmeckte mir an diesem Abend nicht. Das lag nicht am Essen. Man fühlt sich so merkwürdig hilflos, wenn man auf seine Katze wartet. Gut, die Nachbarn kann man fragen, ob sie die Katze gesehen haben. Aber das ist schnell gemacht und es war in diesem Falle erfolglos. Im Allgemeinen ist das eh wenig erfolgversprechend, Nachbarn haben in der Regel nie etwas gesehen und wenn doch, wissen sie nicht mehr, ob es heute oder gestern war – recht unzuverlässige Zeugen.

Ich bin natürlich rausgegangen, hab gerufen und hier und da geguckt. Aber es wurde langsam schon dunkel und außerdem ist es auch etwas peinlich, draußen herumzulaufen und nach seiner Katze zu rufen. Das wirkt schon etwas verschroben und zweiundvierzig ist noch nicht das Alter, in dem es einem egal ist, für eine schrullige Alte gehalten zu werden. Ebenso ist es auch keine Option, bei der Polizei anzurufen mit dem Satz: „Ich vermisse meine Katze seit bestimmt drei Stunden, tun Sie doch etwas!" Die Reaktion kann man sich vorstellen.

So blieb mir nichts anderes übrig, als zu versuchen, mich abzulenken – es gelang mir allerdings nur sehr unvollkommen. „Ihr muss doch irgendwas passiert sein, eine Verletzung, ein Autounfall, Katzen-Kidnapper, Rattengift ..." diese Gedanken jagten mir durch den Kopf und solche Gedanken lassen sich nicht abstellen.

Das Einzige, was mich ein wenig beruhigte, war der Umstand, dass Pepina außer einem Glöckchen auch eine Kapsel mit meiner Adresse um den Hals trug – falls sie also irgendjemand verletzt finden sollte, würde er wenigstens wissen, wo sie zu Hause ist.

So wurde es später und später. Immer wieder lauschte ich, war da nicht ein Kratzen auf dem Balkon? Kam da nicht jemand an die Haustür? Gleich würde es klingeln und dieser jemand hätte meine Katze auf dem Arm – nein, niemand. Immer wieder schaute ich aus dem Fenster, vom Balkon, vor der Tür – nichts. Immer wieder nervte ich per Telefon Bekannte mit immer der gleichen Frage, ob sie eventuell ... nein, sie würden sich doch ansonsten auch melden. Ich machte mir ernsthafte Sorgen, wie ich wohl die folgende Nacht überstehen sollte – Schlafen würde ich bestimmt nicht können. Ich musste aber doch am nächsten Tag zur Arbeit gehen – Arbeitgeber reagieren im Allgemeinen verständnislos bei Aussagen wie: „Ich konnte nicht kommen, meine Katze ist weg."

Die ganze Zeit hatte ich darauf gewartet, aber als es dann wirklich klingelte, habe ich mich total erschreckt. Ich stürzte zur Tür und tatsächlich,

da stand ein Jemand mit meiner Katze auf dem Arm. Einerseits überglücklich – andererseits: Wie sah denn Pepina aus, ganz, ganz arm, mit einem dicken Verband und ansonsten ziemlich durch den Wind. Aber auch sie freute sich sichtlich, mich zu sehen, miaute kläglich, so eine Mischung aus Begrüßung und Bericht darüber, was ihr alles widerfahren war.

Und sie hatte wirklich Schlimmes erlebt. Walter, so hieß der Mann, der sie mir zurückbrachte, hatte Einiges zu berichten – und auch zu beichten. Denn er war nicht ganz unschuldig an Pepinas Verletzung. Ich hatte Walter hereingebeten, uns Tee gemacht und dann erzählte er, was passiert war. Er hatte Pepina mit dem Fahrrad angefahren – oder überfahren? – das wollte ich mir gar nicht so genau vorstellen. Auf jeden Fall sei sie, wohl erschreckt durch ein vorbeifahrendes Motorrad, direkt vor sein Fahrrad gesprungen, er hätte wirklich nicht mehr ausweichen können. Er wäre dann gleich zum Tierarzt gefahren und der hätte Pepina geröntgt und verbunden. Der Hinterlauf sei, Gott sei Dank, nicht gebrochen, eher eine Verstauchung oder Zerrung, der Tierarzt hätte irgendwas Lateinisches gesagt. Es wäre im Endeffekt aber gar nicht so schlimm, laut Tierarzt würde nichts zurückbleiben und überhaupt täte ihm das alles unheimlich leid. So ähnlich und ziemlich atemlos erzählte Walter und allmählich beruhigte er sich – und ich mich auch.

Wir saßen an diesem Abend noch eine ganze Weile zusammen und unterhielten uns sehr angeregt – nicht nur über Katzen. Pepina, die offensichtlich keine schlimmen Schmerzen hatte, beobachtete uns die ganze Zeit sehr aufmerksam.

Dieser Walter war – wie soll ich sagen – ziemlich nett, mehr als nett. Er hatte so etwas Fürsorgliches und Zugewandtes, außerdem sah er wirklich gut aus. Auch das Alter hätte gepasst – nur nicht der schlichte goldene Ring an seiner rechten Hand. Der sorgte wohl auch dafür, dass er sich rechtzeitig verabschiedete, bevor es noch netter wurde. Das war mir recht, denn ich würde nie etwas mit einem verheirateten Mann anfangen. Das habe ich zwar auch schon gesagt, bevor ich es dann doch einmal getan habe, doch ich hatte mir fest vorgenommen, es bei dieser einen Erfahrung zu lassen.

So war das also mit Walter. Natürlich ist die Geschichte an dieser Stelle nicht zu Ende. Es geht auch nicht darum, dass Pepina wieder völlig gesund wurde – übrigens wirklich recht schnell, so wie der Tierarzt gesagt hatte.

Danach begann erst die eigentliche Geschichte. Oder sollte man besser sagen, sie wiederholte sich? Wie auch immer: Wieder war Pepina weg, wieder habe ich sehr gewartet – Gott sei Dank nicht so lange, wie beim ersten Mal – und wieder wurde sie, offensichtlich schwer verletzt zurückgebracht. Diesmal von einem Kurt. Aber es war auch Einiges anders. Kurt berichtete nicht von einem Unfall, sondern Pepina wäre ihm aufgefallen, weil sie so jämmerlich miaute, ganz stark gehumpelt hätte, als ob mit ihrem Hinterbein etwas nicht in Ordnung gewesen wäre und schließlich sei sie dann direkt vor ihm – ja, man könne es so sagen – zusammengebrochen. Glücklicherweise hätte er dann gleich die Kapsel mit der Adresse gefunden – und hier wäre er. Was uns, also Kurt und mir, anschließend schon sehr merkwürdig vorkam, war die Geschwindigkeit, mit der sich Pepina erholte.

Sie zog sich gleich in ihr Körbchen zurück, machte aber weder den Eindruck in irgendeiner Form zu leiden noch etwas von mir zu wollen. Das war alles außerordentlich verwunderlich.

Kurt – übrigens ein schon älteres Semester, recht beleibt, um nicht zu sagen dick – war auch sonst nicht annähernd so attraktiv wie der erste „Katzenretter" Walter. Aber sympathisch war er durchaus und nahm gerne – statt des erst angebotenen Tees – ein Schnäpschen zu sich. Und dann noch eins. Er wäre bestimmt gerne noch länger geblieben – auch als mir lieb gewesen wäre – aber statt einer Ehefrau wartete ein Fußball-Länderspiel von „nationaler Bedeutung" auf ihn und da wollte ich ihn auf keinen Fall abhalten – ebenso wenig wie mich von ihm, wie er mir angeboten hatte, in die Geheimnisse der Abseitsregeln einführen lassen.

Als Kurt endlich abgezogen war, setzte ich mich zu meiner Katze und sah sie forschend an. Was war bloß los mit ihr. Hatte die Verletzung, die sie sich bei dem Unfall mit Walter zugezogen hatte, eventuell doch Folgen gehabt, irgendetwas Traumatisches? Ein eher abwegiger Gedanke, aber ihr Verhalten war ja auch ziemlich sonderbar. Na ja, dachte ich mir, es wird sich schon aufklären – oder auch nicht – Hauptsache es ging ihr gut und das war offensichtlich.

Als dann die ganze Sache allerdings etwa zehn Tage später zum dritten Mal passierte, war endgültig klar, das hatte System. Wieder ein männlicher Retter, eine Verletzung, die sich – oh Wunder – innerhalb kürzester Zeit in Wohlgefallen auflöst und das Ganze am frühen Abend, der sich dann – wieder – als sehr nett herausstellte. Diesmal war es sogar ein Bekannter,

Thomas, ein sehr gut aussehender Mann aus einer Parallelstraße – Ende 30, schlank, sportlich – und leider schwul.

Ich nahm mir also vor, der Sache auf den Grund zu gehen. Aber wie? Irgendwie heimlich beobachten, ausspionieren, Verhaltensmuster herausfinden, Videoüberwachung an strategischen Punkten – ich selbst am Kontrollmonitor ... Ich muss zugeben, ich hatte in dieser Zeit schon abstruse Ideen, so kompliziert und aufwendig, dass sie einfach nicht durchführbar waren. So wurde erstmal nichts aus meinem Vorhaben.

Als Nächstes kam Bertram. Leider ließ es meine Katze inzwischen an der nötigen Sorgfalt bei der Auswahl ihrer Retter mangeln. Bertram war ebenso aufdringlich wie uncharmant, ein langweiliger Wichtigtuer und es war harte Arbeit, ihn aus der Wohnung heraus zu komplimentieren. Da war mir der darauf folgende Holger schon lieber, der war zwar patzig und verlangte Geld – wegen Rettungsaufwand – war dafür aber, nachdem ich ihm zwanzig Euro in die Hand gedrückt hatte, sofort wieder weg.

Der Druck, etwas zu unternehmen, wurde stärker. Wohl deshalb sprach ich bei der Arbeit mit einem als Nerd verschrienen Kollegen über mein Problem. Ihm fiel sofort etwas ein. Ich solle doch meine Katze mit einem Peilsender versehen, die seien inzwischen winzig, und dann könne ich sie mit Hilfe meines Smartphones und GPS problemlos orten. Das Ganze war wirklich ziemlich einfach, Pepina bekam zu Glöckchen und Kapsel eben noch einen etwa münzgroßen Sender um den Hals.

Doch wie es so ist, wenn etwas passieren soll, passiert es nicht. In der Folgezeit war nämlich Pepina immer schon da, wenn ich nach Hause kam.

Hatte sie wegen des geschäftstüchtigen Holgers die Lust verloren, Rendezvous für mich einzufädeln?

Nein, hatte sie nicht. An einem lauschigen Abend, Ende Juni, kamen meine technischen Errungenschaften endlich zum Einsatz. Jetzt würde ich alles beobachten können, was ich mir bisher nur vorgestellt hatte. Ausgestattet mit Smartphone und Fernglas folgte ich meiner Katze in sicherem Abstand. Meine Befürchtung, ich würde neugierige Blicke auf mich ziehen und man könne mein Gebaren als – vorsichtig gesagt – seltsam empfinden, bekämpfte ich mit der Überzeugung, eine wichtige Mission zu erfüllen. Das fiel mir auch eher leicht, mit meinem Equipment kam ich mir irgendwie professionell vor. Und ich sollte dann auch Einiges zu sehen bekommen. Pepina ging strategisch geschickt vor. Sie spähte von Weitem ein geeignetes Objekt aus, versteckte sich dann zum Beispiel hinter einem parkenden Auto. In einem günstigen Moment humpelte sie dann klagend hervor und brach mehr oder weniger direkt vor den Füßen des jeweiligen Passanten zusammen. Sie spielte die kranke Katze überaus gekonnt. Allerdings war sie nicht so erfolgreich, wie sie es auf Grund ihrer schauspielerischen Leistung verdient gehabt hätte. Am Anfang beobachtete ich nämlich zwei Fehlversuche. Einem älteren Mann und kurz danach noch einem zweiten war sie augenscheinlich völlig egal, die gingen einfach weiter – eigentlich unerhört!

Beim dritten Versuch war es eine Frau. Ich wunderte mich, Pepina hatte sich ja bisher auf männliche Retter spezialisiert. Doch sie hatte sich anscheinend nur vertan, denn als sie ihren Irrtum bemerkte, war sie ebenso schnell gesund wie verschwunden. Es folgten noch zwei abgebrochene Versuche, irgendetwas wird da nicht recht gestimmt haben, was, das konnte ich nicht erkennen. Aber ich fand es schon sehr erstaunlich, wie viel Mühe sie sich gab und welche Ausdauer sie hatte.

Dann noch ein Versuch. Diesmal wieder ein Mann und es schien zu klappen. Ich sah, wie er sich über sie beugte, ruhig mit ihr sprach und sie vorsichtig abtastete. Obwohl ich die Szene wirklich sehr spannend fand, musste ich sie doch unterbrechen – diesen „Betrug" wollte ich nicht zulassen. Entschlossen ging ich auf die beiden zu und sagte: „Sie hat nichts, sie ist ein Simulant." „Wie wollen Sie das wissen", entgegnete der Mann schon fast empört. „Ich weiß es, weil es meine Katze ist", sagte ich, vielleicht eine Spur zu schroff, eigentlich hatte er ja alles richtig gemacht. Einen Augenblick standen wir unschlüssig nebeneinander – eine seltsam ruhige und gleichzeitig gespannte Stimmung. Dann trafen sich unsere Blicke. Es war ein kurzer und unendlich langer Blick. Der hätte mir Pepina nach Hause bringen sollen, war der einzige Gedanke, der in diesem Moment durch meinen ansonsten leeren Kopf hallte.

Pepina war seit meiner Ankunft wieder völlig gesund, aber ich muss gestehen, meine Aufmerksamkeit galt nicht ihr. Ich konnte überhaupt nicht aufhören, diesen Mann anzugucken. Ich versuchte halbwegs die Form zu wahren und fing an, die Geschichte von Pepina zu erzählen, über ihre Versuche mir Rendezvous zu verschaffen … ich begann zu stammeln … es war alles so unglaubwürdig … ich wurde immer nervöser …

Er rettete mich mit einer einzigen Frage: „Darf ich Ihnen auch eine gesunde Katze nach Hause tragen?" Ja, er durfte, nein, er sollte – und er ist bis heute geblieben.

Übrigens, Pepina hat sich seitdem nie wieder retten lassen.

Die Vase

Ich lebe allein in einem hübschen kleinen Häuschen, nichts Großartiges, aber doch sehr gemütlich. Außer mir wohnt dort nur noch meine Katze, die auf den Namen Mira hört. Ja, ich kann sagen, für eine Katze hört sie recht gut. Sie ist eine „Draußen-Katze", aber da wir in einer sehr ruhigen Gegend leben, muss ich mir keine allzu großen Sorgen um sie machen.

Wenn ich am späten Nachmittag von der Arbeit komme, setze ich mich am liebsten, wenn es das Wetter einigermaßen zulässt, auf meine Terrasse mit einer Tasse Tee und genieße den Feierabend. Und obwohl ich nie zu genau der gleichen Zeit komme, findet sich meine Katze ein, sobald ich den ersten Schluck Tee getrunken habe und mich entspannt zurücklehne. Das passiert mit so gewohnter Regelmäßigkeit, dass ich mir schon lange keine Gedanken mehr darüber mache, woher meine Katze eigentlich weiß, dass ich gerade jetzt gekommen bin. Ich bin ein Mann in den – wie man so sagt – besten Jahren, was ja genaugenommen nichts anderes heißt, als dass ich die besten Jahre schon hinter mir habe. Mit fünfundfünfzig zählt man zwar noch nicht die Tage bis zur Pensionierung, zumindest ich nicht. Aber der Zeitpunkt, eine Familie zu gründen, ist wohl schon vorbei. Auch fühle ich kein Verlangen, mein Leben noch mal völlig umzukrempeln. Ich hätte auch keinen Grund dafür, denn ich bin damit, wie es ist, sehr zufrieden.

Ein großer Teil dieser Zufriedenheit, das kann ich sagen, hat durchaus etwas mit meiner Katze zu tun. Sie scheint mir eine ganz besondere Katze zu sein. Sie ist nicht nur schmusig und unheimlich hübsch – ich liebe es, ihr zuzusehen, wie sie sich putzt, sich streckt und rekelt, ihre vollendet eleganten Bewegungen entzücken mich geradezu. Nein, sie hat auch einen wunderbaren Charakter, sie ist freundlich, umsichtig, sehr intelligent und außerordentlich einfühlsam. Ich habe den Eindruck, dass sie mich fast immer genau versteht. Sie kommt genau zur richtigen Zeit, um zu schmusen, sie weiß genau, wann man mich besser in Ruhe lässt, wann ich Aufmunterung brauche oder wann ich Lust habe, mit ihr zu spielen. Über eine andere Besonderheit will ich noch berichten, Mira ging und geht gern mit mir spazieren. Nicht gerade bei Fuß und nur in unserer näheren Nachbarschaft, aber ungewöhnlich ist das wohl trotzdem. Ich kann sie leicht dazu animieren, ein auffordernder Blick und „Na Mira, Spazieren?", dann kommt sie in der Regel mit.

So, jetzt aber endlich zu der Geschichte, die ich erzählen will. Ich muss gestehen, sie klingt etwas unwahrscheinlich, um nicht zu sagen, unglaubwürdig. Mir geht es selbst so, je länger die Ereignisse zurückliegen, desto mehr Zweifel kommen mir, umso mehr sagt mir mein rationaler Verstand, dass ich mir das alles nur zusammenreime und es sich in Wahrheit doch nur um ein Aufeinandertreffen von seltenen Zufällen handelt. Doch ich versichere, ich schreibe es genauso auf, wie es sich zugetragen hat.

Es war ein ganz normaler Feierabend, Anfang Juni mit wunderbarem Wetter. Ich saß, wie schon geschildert, auf meiner Terrasse, trank Tee und da kam auch schon meine Katze. Doch irgendetwas war anders an diesem Tag. Mira schien sich gar nicht über meine Ankunft zu freuen. Sie war seltsam nervös, wollte sich nicht setzen oder legen, nicht gestreichelt werden, wand sich hin und her, schaute mich dabei immer wieder unglücklich an und ihr Miauen klang kläglich. Ich war besorgt, wollte sie beruhigen und fragte mich ernstlich, was denn los sei. Immer deutlicher hatte ich das Gefühl, dass sie mir etwas zeigen wollte, dass sie mich aufforderte mitzukommen. Mir kam die Situation sehr merkwürdig vor. Ich stand schließlich aber doch auf, und sobald Mira sah, dass ich sie verstanden hatte, lief sie langsam voraus, blickte sich immer wieder um, ob ich auch wirklich mitkäme.

Wir brauchten auch nicht lange zu gehen, dann waren wir offensichtlich am Ziel. Ein Einfamilienhaus schräg gegenüber von meinem. Mit diesen Nachbarn hatte ich bisher wenig bis gar nichts zu tun gehabt, man grüßt sich – sonst nichts. Was sollte hier sein?

Mira sprang auf ein Fenstersims im Erdgeschoss. Das Fenster war einen Spaltbreit offen. Was wollte meine Katze mir sagen oder besser gesagt zeigen. Dass man, oder besser gesagt, sie hier einsteigen könnte, weil es in der Wohnung vielleicht nach leckerem Thunfisch roch?

Ich war völlig ratlos. Schon drauf und dran, mich wieder auf den Weg nach Hause zu machen, etwas frustriert, dass ich meine Katze doch nicht so gut verstand, wie ich immer meinte, hörte ich plötzlich Schreien aus dem Haus: „Wer soll die Vase denn sonst runtergeschmissen haben, etwa die Heinzelmännchen?", keifte eine schrille Frauenstimme. „Ich habe überhaupt nichts gemacht, ich war die ganze Zeit in meinem Zimmer, ich muss doch von morgens bis abends Hausaufgaben machen!", schrie eine Mädchenstimme zurück.

Hier war offenkundig ein ausgewachsener Streit zwischen Mutter und Tochter im Gange, aber was hatte meine Katze damit zu tun? Ich schaute Mira an und sie mich, und sie miaute ganz schuldbewusst und da dämmerte es mir. Es sah ganz so aus, als hätte meine liebe Katze einen kleinen Streifzug durch eine fremde Wohnung gemacht und dabei eine Vase umgestoßen.

Aber was, um alles in der Welt, konnte ich jetzt tun? Mir war schon klar, dass ich dem zu Unrecht beschuldigten Mädchen zu helfen hatte. Aber wie? Klingeln: „Guten Tag, meine Katze hat mir erzählt, sie habe hier bei Ihnen eine Vase umgestoßen", und dass ich selbstverständlich für den Schaden aufkommen wolle. Es gibt Sachen, die sind einfach zu peinlich, nebenbei würde man mich für völlig übergeschnappt halten.

Schließlich fiel mir doch etwas ein. Also nahm ich allen Mut zusammen, ging zur Haustür – Mira kam übrigens mit, das tut auch nicht jede Katze – und klingelte. Eine Frau, Ende vierzig, ziemlich verhärmt und – vorsichtig ausgedrückt – nicht frisch vom Friseur, riss die Tür auf und blaffte mich an: „Ja, was wollen Sie?"

Ich versuchte durch eine besonders freundliche Begrüßung, ihr etwas von ihrer üblen Laune zu nehmen. Sie war allerdings sehr kurz angebunden, sodass ich meine sorgsam zurechtgelegten Erklärungen nur mit Mühe los wurde. Es wäre nämlich so, ich hätte meine Katze dabei beobachtet, wie sie – unverzeihlicherweise – durch das offene Küchenfenster in ihre Wohnung … „Was?", fuhr sie dazwischen, „Wieso passen Sie denn nicht besser auf?" … und da hätte ich, fuhr ich fort, so ein Klirren gehört.

Einen kurzen Moment lang hatte es den Anschein, dass im Kopf von Frau Bettenkötter – so hieß die Dame – so etwas wie gedankliche Zusammenhänge hergestellt wurden. Ich nutzte ihre Denkpause und brachte meine Ausführungen zu Ende. Als guter Nachbar würde ich jetzt natürlich gerne wissen wollen, ob mein Tier etwas angerichtet hätte und wenn ja, dann was. Ich fand meine Herangehensweise – nach Lage der Dinge – sehr geschickt und war direkt ein bisschen stolz auf mich.

Frau Bettenkötter machte den Eindruck, als sei ihr die plötzliche Wendung im Streit mit ihrer Tochter gar nicht so recht. Sie führte mich allerdings doch ins Wohnzimmer. Mira kam mit bis zum Türrahmen, setzte sich und verfolgte, wie es schien, vorsichtig interessiert die Szene.

Da lag sie, die kaputte Vase. Mir fiel ein Stein vom Herzen. Hatte ich befürchtet, meine Ehrlichkeit könnte mich ein Vermögen kosten, so war ich jetzt beruhigt: Diese Vase war weder alt noch chinesisch, kein Designerstück, sondern preisgünstiges Allerweltssteingut und vor ihrer Zerstörung nicht wesentlich mehr wert gewesen als danach. In einem etwas abwesenden Ton sagte die Mutter zu ihrer Tochter: „Unser Nachbar, Herr …" – „Magnus",

ergänzte ich – „Herr Magnus sagt, seine Katze könnte das gewesen sein",
und zeigte auf die Scherben.

Das war das Angriffssignal für das Mädchen: „Siehst du, ich hab's dir
doch gesagt, ich war das nicht, ich hab' die ganze Zeit Schularbeiten gemacht!" „Wenn du wirklich mal Schularbeiten machen würdest, hättest du
nicht so miese Noten, aber du machst ja nur irgendwelchen Unsinn", hielt
die Mutter dagegen, „Wahrscheinlich hast du die Vase ja doch runtergeschmissen und willst jetzt die Schuld auf die arme Katze schieben, die kann sich
ja nicht wehren, das ist wieder mal typisch!" Typisch sei etwas ganz anderes,
konterte die Tochter, nämlich dass sie, die Mutter, an ihr, der Tochter, ja
sowieso kein gutes Haar lassen würde und sie ja immer, immer, immer an
allem Schuld wäre, so wie neulich, da habe sie ja auch nur ... So ging das
eine gute – oder besser – gar nicht gute Weile hin und her. Die beiden
waren so verstrickt in ihren Zweikampf, dass wir beide, Mira und ich, von
ihnen praktisch gar nicht mehr wahrgenommen wurden. Eine winzige
Pause – hier passte wirklich mal der Ausdruck Atempause, denn wer schreit,
muss schließlich auch mal Luft holen – nutzte ich, drückte Frau Bettenkötter
meine Visitenkarte in die Hand – wenn noch irgendetwas wäre, könne sie
sich ja melden – und verdrückte mich, gefolgt von meiner lieben Katze.

Übrigens, ich habe in dieser Angelegenheit nie wieder etwas von dem streit-
baren Duo gehört. Die Mutter zog es wohl vor, weiter ihre, in ihren Augen,
nichtsnutzige Tochter für den Übeltäter zu halten und die Tochter fühlte
sich in der Rolle des ungerecht behandelten Märtyrers offenbar so zu Hause,
dass beide an einer alternativen Lösung nicht das geringste Interesse hatten.

78

Als ich damals nach diesem etwas verstörenden Erlebnis wieder auf die Straße trat, fühlte ich mich einerseits wie durch die Mangel gedreht, andererseits natürlich erleichtert, endlich entkommen zu sein. Mira schien das Geschehen auch ziemlich verwirrt zu haben. Auf dem Weg nach Hause gingen wir erst still, ohne Blickkontakt nebeneinander her. Nach einer Weile schaute sie zu mir hoch, etwas Fragendes lag in ihrem Blick. Wie sollte ich ihr das erklären. Ich zuckte nur mit den Schultern und sagte, fast mehr zu mir selbst: „Ach weißt du, Menschen sind schon ziemlich merkwürdige Leute."

Nachwort

Zum Schluss noch etwas in eigener Sache: Da das im Vorwort erwähnte auf die Geschichten bezogene „selbst erlebt" und „aufgeschnappt" gar nicht mal so häufig vorkommt, würde ich es sehr begrüßen, käme ein größeres Maß an „zugeschickt" hinzu.

Gerade wenn Ihnen, liebe Leserin, lieber Leser, dieses Buch gefallen haben sollte, wäre es schön, wenn Sie mir stichpunktartig Geschichten, Ideen, Anregungen in einem Brief oder einer Mail schicken würden – gesetzt den Fall, Ihnen ist etwas Aufschreibenswertes über den Weg gelaufen und Sie kein rechtes Zutrauen zu Ihrem eigenen schriftstellerischen Talent haben oder keine Zeit oder einfach keine Lust – ich würde mich sehr freuen.